KB144475

마음이 멍든 아이들을 위해 베스트셀러 작가
이지성 선생님이 운영한 '피노키오 상담실' 이야기

빨
간약

이지성 | 지음

BM 성안당

2011년 2월 10일 개정판 1쇄 발행
2017년 4월 5일 개정판 4쇄 발행

지은이 | 이지성
펴낸이 | 이종춘
펴낸곳 | BM 주식회사 성안당

주　소 | 04032 서울시 마포구 양화로 127 첨단빌딩 5층(출판기획 R&D 센터)
　　　 | 10881 경기도 파주시 문발로 112 출판문화정보산업단지 (제작 및 물류)
전　화 | 02-3142-0036
　　　 | 031-950-6300
팩　스 | 031-955-0510
등　록 | 1973. 2. 1. 제406-2005-000046호
홈페이지 | www.cyber.co.kr

ISBN | 978-89-315-8082-2 (03810)
정가 | 12,000원

이 책을 만든 사람들
기획 | 최옥현
진행 | 김중락
교정 | 신정진
표지·본문 디자인 | 나미진
홍보 | 박연주
국제부 | 이선민, 조혜란, 고운채, 김해영, 김필호
마케팅 | 구본철, 차정욱, 나진호, 이동후, 강호묵
제작 | 김유석

도움을 주신 분들
한국가정경영연구소 강학중 소장, 아트앤마인드 김현진 대표,
사진 작가 이두용, 해금연주가 신날새

Copyright ⓒ 2011~2017 by Sung An Dang, Inc. All rights reserved.
First edition printed in Korea.

이 책의 어느 부분도 저작권자나 BM 주식회사 성안당 발행인의 승인 문서 없이 일부 또는 전부를 사진 복사나
디스크 복사 및 기타 정보 재생 시스템을 비롯하여 현재 알려지거나 향후 발명될 어떤 전기적, 기계적 또는 다른
수단을 통해 복사하거나 재생하거나 이용할 수 없음.

※ 이 책은『피노키오 상담실 이야기』의 장정개정판입니다.

■ 도서 A/S 안내

성안당에서 발행하는 모든 도서는 저자와 출판사, 그리고 독자가 함께 만들어 나갑니다.
좋은 책을 펴내기 위해 많은 노력을 기울이고 있습니다. 혹시라도 내용상의 오류나 오탈자 등이
발견되면 "좋은 책은 나라의 보배"로서 우리 모두가 함께 만들어 간다는 마음으로 연락주시기
바랍니다. 수정 보완하여 더 나은 책이 되도록 최선을 다하겠습니다.
성안당은 늘 독자 여러분들의 소중한 의견을 기다리고 있습니다. 좋은 의견을 보내주시는 분께는
성안당 쇼핑몰의 포인트(3,000포인트)를 적립해 드립니다.

잘못 만들어진 책이나 부록 등이 파손된 경우에는 교환해 드립니다.

추천사

    교육 일선에서 수많은 학생들을 상담한 초등 교사의 생생한 경험담은 참으로 충격적이었다. 이 책을 읽는 동안 초등학생의 흡연과 음란물 접촉, 폭력과 자살 충동, 그리고 자살 시도 경험의 실태는 '나도 모르진 않는다'는 나의 생각이 착각이었음을 깨닫게 했다. '너는 왜 그 모양이냐'고 아이들을 지적하고 나무라고 비교하고 한숨을 쉬었을 뿐, 그 문제를 해결하기 위해 부모로서 내가 어떻게 해야할 것인가를 더 적극적으로 고민하지 못했던 나 자신을 반성하면서 책장을 넘겼다.

    그러나 정작 초등학생 자녀들을 가진 부모님들은 실상을 얼마나 알고 있을까 궁금하다. 초등학교 시절을 막지난 청소년이나 이제 20대의 청년으로 훌쩍 장성한 자녀의 부모는 더더욱 그 심각성을 알기 어려울 것이다. 가족 간의 대화 부족과 어린이들에 대한 무관심 그리고 도움이 되지 않는 교육 환경 때문에 학원 스트레스, 학교 부적응, 친구 문제, 그리고 가족 문제로 괴로워하는 아이들이 무척 많다. 하지만 '어린이는 우리의 미래'라고 말로만 떠들고 어린이를 내 사업의 고객으로만 보았지 투표권도 없는 어린이의 인격을 진정으로 존중하는 문화는 턱없이 부족한 것이 우리의 현실이다.

    자녀들의 고민과 아픔에 공감하려면 부모가 먼저 다가가 손을 잡아 주고 귀기울여 아이들의 얘기를 들어 주는 자세가 무엇보다 필요하다는 저자의 교육 철학이 가슴에 와 닿는다. 섣불리 충고하고 어설픈 조언을 늘어놓기 전에 진심으로 자녀들의 얘기에 귀기울이기만 해도 아이들은 마음의 문을 열기 때문이다. 그리고 자식농사를 잘 짓기 위해서는 부부농사가 선행되어야 한다는 평소의 나의 주장과 일치하는 내용이 있어 더욱 반가웠다. 지금까지 많은 책의 추천사를 써 왔지만 「빨간약」은 부모들에게 꼭 한번 읽어 보라고 권하고 싶은 책이다. 전혀 몰랐던, 대단히 새로운 내용이 아닐지 몰라도 부부 간의 생각이나 느낌을 서로 나누면서 스스로를 되돌아 볼 수 있는 기회, 그리고 자녀 교육의 원칙을 다시 한번 정립할 수 있는 계기가 되리라 믿는다.

– 한국가정경영연구소 강학중 소장 –

상담실 안에서 그림으로 풀어 낸 아이들의 이야기를 듣고 있노라면 안타까울 때가 많다. 진정 힘든 아이들을 만나도 내가 해 줄 수 있는 일은 함께 아파해 주는 방법 밖에 없기 때문이다. 하지만, 굳이 화려한 상담기술을 사용하지 않아도 아이들은 아픔을 함께 해 주는 사람에게 닫혀 있던 마음을 활짝 열어준다.

아이의 마음을 오래 전에 잃어 버린 어른들은, 피노키오가 누구보다 따뜻한 심장을 가지고 있다는 사실도 잊은 채 살아간다. 그래서 순수한 뇌로부터 나오는 사고를 있는 그대로 받아들이지 못한다. 단지 어른이 아니라는 이유만으로, 피노키오들의 따뜻한 마음과 순수한 생각을 자신의 생각에 끼워 맞추려고 하는 것이다.

나는 이 책을 읽고 저자의 교육 철학에 감동을 받았다. 독자들도 이 책을 읽는 동안 아이들의 마음이 전달되는 것을 느낄 수 있을 것이다. 아파하는 아이들의 마음이 자신에게 전해져 온다면, 그 순간 자신에게는 아이와 연결된 통로가 하나 생긴 것이고, 앞으로 그 통로에서 아이와의 만남이 새롭게 시작될 것이다.

– 미술치료센터 아트앤마인드 대표 김현진 –

Contents

미안해

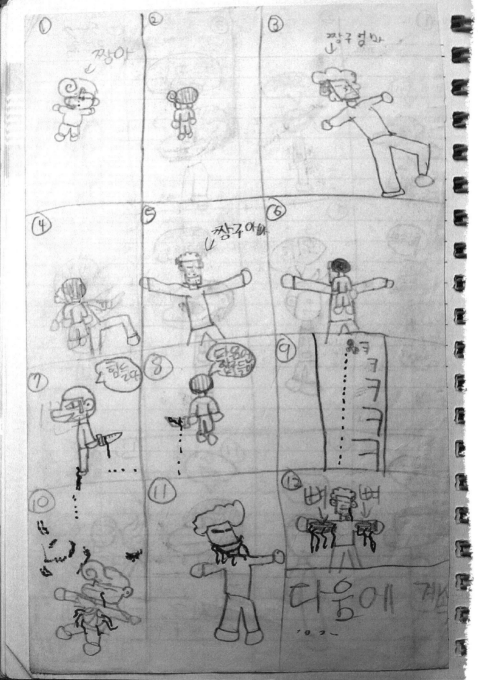

마음이 병들고

공부에 시달리고

3년4번애들 그런거에 좀 관심이 있으리라만, 이면 ... 생각한다

이제는 음란물 사이트에도 안들어 간다

음란물을 좋아하는 애들을 상담하고 안했으면 좋겠다.

그리고 친구들 중에 변태라는 말을 하는 애들 이제들 안 그랬으면

좋겠다.

야한 생각을 많이 보는 애들 내 글을 보고 고쳤으면 좋겠다.

가끔 야한 생각이 생각날때도 있지만 그걸 머리속에서

지우려고 노력한다, 내 후배들도 이런생각이 있을텐데 (열심히)

실천을 해서 안봤으면 좋겠다.

피노키오 (선생님한테) 상담을 받아서 끊게 된거에 큰 평생을

주었다.

그리고 변태란 말을 들어도 흥분해하거나 익숙해져서

아무렇지도 않은 애들은 지금 당장 피노키오 선생님한테

상담을 받으면 좀 나아질수도 있다.

그런데 상담을 받았는데도 안 되면 병원에 가야한다

나도 상담을 받았는데 나를 키우니까가 왔은것이 있다.

다른 애들도 나처럼 꾸준히 민습해서 음란물을 못봤으면

좋겠다.

Hee Mang

음란물에 멍들고

이미 지쳐버린
너희에게……

조금 더 일찍
 손 내밀지 못해서……
정말 미안해

1부 누구에게나 하나쯤은 필요한
피노키오 상담실

자살하고 싶어하는 아이들

어느 봄날의 일이다. 목련을 좋아하는 나는, 수업을 마치고 그늘이 적당히 진 운동장 스탠드를 거닐며 하얀 등불 같은 목련을 감상하고 있었다. '낮에 핀 등불이라…….' 뭐 이런 식의 호사로운 생각을 하면서 걷다가 조회대 계단 아래 앉아 훌쩍이고 있는 영민이를 만났다.

보통 키에 귀여운 외모를 가진 영민이는 초등학교 3학년이다. 운동은 조금 하는 편이고, 공부는 잘한다. 남자 아이들에게 인기가 많다. 여자 아이들에게 큰 인기는 없지만 여자 친구가 있다. 성격은 얌전한 편이고, 선생님께 무척 공손하다. 동생과는 사이가 좋다. 학교 앞 문방구에서 파는 컵 떡볶이를 좋아하고, 피자와 콜라라면 사족을 못 쓴다.

나는 울고 있는 영민이의 옆에 다가가 앉으며 왜 울고 있느냐고 부드럽게 물었다. 영민이는 눈물 맺힌 얼굴을 들어 나를 한 번 쳐다보고 나서 다시 고개를 숙인 채 말했다.

"선생님, 죽고 싶어요. 학원 때문에 너무 힘들어요. 그런데 제발 엄마한테는 말하지 마세요."

나는 "죽고 싶어요."라는 영민이의 말에 진심이 섞여 있는 것을 감지했다. 세상에, 이게 말이나 되는 소리인가? 만 아홉 살짜리 아이가 진심으로 세상을 하직하고 싶어한다니.

나는 아무것도 묻지 않았다.

초등학교 선생님이 하기 쉬운, 도덕과 상식에 기초한 교훈조의 연설을 지루하게 늘어놓는 일도 하지 않았다. 다만 영민이의 손을 잡고 학교 앞 문방구로 가서 컵 떡볶이를 사주었을 뿐이다.

당시 나는 3학년, 5학년의 영어과 교과 담임을 맡고 있었는데, 영민이의 얘기를 듣고 나서 일주일간 3학년, 5학년 아이들 약 600여 명을 대상으로 조사를 벌였다. 나는 아이들에게 종이를 나눠주고 이렇게 말했다.

"너희들이 부모님께 꼭 하고 싶은 말, 그러나 차마 하지 못하는 말을 적어라. 무슨 이야기든 괜찮다. 반, 번호, 이름은 적지 않아도 된다. 단, 선생님이 부모님께 대신해서 말해 주기를 원하는 사람은 밑에다가 이름하고 부모님 전화번호를 적어라."

'죽고 싶다.'는 말이 적힌 종이들이 3학년은 열 명에 한 명, 5학년은 열 명에 두세 명꼴로 나왔다. 실제로 자살을 시도해 보았다는 아이들도 3학년은 한 반에 한 명, 5학년은 한 반에 서너 명 정도나 되었다. 충격이었다.

죽고 싶은 이유는 학원 스트레스, 학교 부적응, 친구 문제, 가족 문제 등 여러 가지였다.

그중에서 학원 스트레스가 압도적으로 많았는데, 학원 스트레

스에 대한 표현도 가지가지였다. "학원 갈 생각만 하면 속이 울렁거린다.", "학원에 가라고 하는 엄마가 마귀 같다."는 얘기는 귀여운 수준이었다. "학원에 불을 지르고 나도 함께 죽고 싶다.", "북한군 비행기가 날아와서 학원에 폭탄을 던졌으면 좋겠다. 그렇게 힘든 이 세상을 하직하고 싶다." 같은 험악한 표현도 적지 않았다.

자살 시도에 관한 이야기는 상상을 초월했다. 어떤 3학년 아이는 과일칼을 목에다 대고 찌를까 말까 망설였다고 했는가 하면, 또다른 3학년 아이는 지나가던 차에 치여 죽으려는 시도를 했다고 한다. 어떤 5학년 아이는 단독주택 옥상에 올라가서 실제로 뛰었는데, 몸이 건물 아래로 떨어지려는 순간 지나가던 아저씨가 달려와서 구출했다고 적었고, 또 다른 5학년 아이는 중학생 형에게 목을 졸라달라고 부탁했는데, 중학생 형이 목을 조르다가 도망을 가서 죽지 못했다며 안타까움을 토로했다.

이 아이들이 이구동성으로 부탁한 말이 있다.

"우리 엄마, 아빠는 내가 이런 생각을 하는 줄 전혀 모른 채 학교에서나 집에서나 밝고 명랑하게 생활하고 있는 줄로 알고 있어요. 그러니까 절대로 우리 부모님께 오늘 쓴 이야기를 말하면 안 되요."

무척 당황스러운 이야기였지만 이해할 만했다. 나도 한때는 죽고 싶다는 생각을 머릿속에 매달고 다녔으나, 부모님 앞에서는 그런 이야기를 절대로 하지 않았으니까.

나는 초등학생 아이들의 자살 충동이 보편적인 것인지 아닌지를 알고 싶어 인터넷을 뒤적거려 보았다. 인터넷에서 각종 시민단체의 조사 결과들을 쉽게 접할 수 있었는데, 발표된 자료들은 내가 우리 학교 아이들을 대상으로 조사한 결과와 크게 다르지 않았다.

어떻게 해야 할까?

나는 자살 충동에 시달리는 아이들을 위해서 무엇을 해야 할까라는 생각으로 며칠을 심각하게 고민하며 보냈다. 마침내 나는 두 가지 방법을 생각해냈다. 첫째는 교육인적자원부 앞에 가서 초등학생 자살 예방 교육을 실시하라며 1인 시위를 하는 것이었고, 둘째는 매스컴을 통해서 요즘 아이들의 아픔을 알리는 것이었다.

하지만 첫 번째 안의 경우 교감 선생님을 통해 확인한 결과, 교육인적자원부가 예하 교육청으로 초등학생 자살 예방 상담에 관한 지침을 정기적으로 내려 보내고 있기 때문에, 만일 일선 학교에서 자살 예방 상담이 벌어지지 않고 있다면 그것은 학교의 책임이라는 이론상의 결론이 내려지므로 실현 불가능한 방법이었다. 이 결론에 따르면 내가 시위를 벌여야 할 대상은 교육인적자원부가 아니라 전국의 초등학교가 되어야 하는 것이다.

두 번째 안의 경우 매스컴이 별 관심을 보이지 않았다. 신문사

와 방송국 보도 담당자들은 초등학생들의 자살 충동 이야기에 그리 큰 관심을 보이지 않았다. 물론 이해할 만했다. 이미 매스컴은 각종 시민단체들의 초등학생 및 중고생들의 자살 충동 조사 결과를 정기적으로 발표하고 있었으니까.

이쯤 되니 '우와, 정말 내가 할 일은 없네. 그냥 평상시대로 살지 뭐.' 이런 생각이 들었고, 나는 간단하게 평범한 일상으로 돌아왔다. 그리고 며칠 동안 아주 가뿐한 마음으로 지낼 수 있었다. 하지만 일주일도 지나지 않아 이내 다시 고민이 밀려들었다. '아니야, 뭔가를 해야 해. 학교라는 회사의 월급만 탐내는 그런 인간이 아니라면, 난 뭔가를 해야 해.' 이런 생각이 가슴을 두들겨 댔다.

마침내 나는 학교에 상담실을 차리기로 했다. 하지만 학교에서는 내 계획에 전혀 협조를 해주지 않았기 때문에, 나는 내가 쓰는 교실을 상담실로 활용하기로 했다. 가장 먼저 '상원 피노키오 어린이 상담실'이라는 쓴 글자를 프린트해서 코팅한 뒤 교실 앞문에 붙이고, 아이들을 대상으로 홍보를 하기 시작했다.

"어떤 고민이라도 좋다. 특히 죽고 싶다는 어린이 대환영이다. 시간은 아무 때나 좋지만, 수업 시간을 제외하고 언제나 찾아와라."

결과는 대성공이었다. 첫날부터 아이들이 물밀 듯이 밀려들었다. 물론 좋아할 일은 절대 아니었다. 그만큼 아이들에게 아픔이 많다는 이야기니까. 다행스럽게도 상담을 요청하는 아이들의 숫자는 점점 줄어들기 시작했다. 초기에는 하루에 스무 명 정도의 아이들이 상담실을 찾았는데, 시간이 지나면서 하루 열 명 정도로 줄더니, 나중에는 하루 서너 명 정도가 상담실의 문을 두드렸다.

이런이의 친구 미래의 선생님이

상원 피노키오

어린이 상담실

고민 있는 어린이 대환영!

~이른 시간 ~점심시간 ~방과 후 아무 때나 방문하세요.^^

~혼자서 고민 말고 속 시원히 털어보자. 그럼 살까? 해결될지도?^^

~담임선생님이나 부모님에 꼭 말하고 싶은데 용기가 없어서 말하지 못하는 어린이는
피노키오 선생님에게 말하세요! 대신 전달해드릴게요^^

~직접 말하기 곤란한 어린이는 ilikeuverymuch@hanmail.net로 메일을~~

~공부 잘하는 방법이 궁금한 어린이, 친척 때문에 스트레스 받는 어린이, 죽고 싶다는
생각을 하는 어린이, 친구가 괴롭혀서 힘든 어린이 등등 모든 고민을 들어드립니다^^

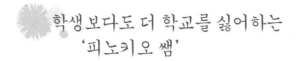학생보다도 더 학교를 싫어하는 '피노키오 쌤'

피노키오와 나 그리고 아이들에게는 한 가지 공통점이 있다. 우리는 학교를 싫어한다.

피노키오와 아이들은 충분히 그럴 수 있지만, '선생님이 학교를 싫어한다니 이 무슨 소리인가?'라고 생각할 사람들을 위해서, '상담실 이름이 왜 하필 피노키오인가?'라고 궁금해할 사람들을 위해서 잠시 내 이야기를 해야 할 것 같다.

내가 교육대학교에 입학한 것은 사실 내 의지가 아니었다. 1학년 봄 학기에 교생 실습을 나가고 나서야 비로소 교육대학교라는 곳이 초등학교 선생님을 만드는 곳임을 인지했을 정도였다. 지금 생각해보면 난 바보가 아니었나 싶다. 내 인생을 좌우할 수 있는 대학을 단 일 초의 고민도 없이, 단지 부모님의 권유로 선택했으니 말이다.

게다가 교생 실습 기간 동안 내가 잠시 경험한 초등학교 교직 사회는 운 나쁘게도 기가 막힌 곳이었다. 실습 첫날 학교를 순시하던 교장 선생님은 8명의 교생이 보는 앞에서 담임교사인 40대 후반 여교사의 머리를 쥐어박았다. 이유는 지난번 회식 때 자리를 빨리

떴다는 것이었다. 그때 나는 '초등학교라는 곳은 저런 이유로도 교생들 앞에서 선생이 머리를 쥐어박힐 수 있는 곳이구나.'라고 생각하며 자퇴를 결심했다.

그리고 몇 주일 뒤, 겨우 용기를 내서 부모님께 자퇴 의사를 밝혔다가 자발적으로 자퇴 의사를 철회할 만큼 빗자루로 흠씬 얻어맞았다. 역시 세상은 만만한 곳이 아니었다.

내 나이 스무 살 하고도 삼월. 즉, 교육대학교 2학년 때 학교 도서관에 들렀다가 운명적인 깨달음을 얻었다. 나는 분명 아름다운 사랑의 시를 쓰는 시인이 되기 위해서 지구별에 내려온 존재였다. 그때 난 그 깨달음으로 인해 가슴이 뜨거웠다. 학업을 완벽하게 내팽개치고 시의 세계에 올인한 결과 D 혹은 D마이너스로 도배된 성적표를 받아들어야 했다. 하지만 그 성적표는 시에 대한 나의 헌신을 증명해주는 것에 불과했다. 이제 곧 세상이 나의 시를 알아주리라, 나는 이제 곧 유명해지리라, 이렇게 확신하면서 5년간 시를 썼다. 그리고 두 권의 시집을 출판했지만, 내 책은 전혀 팔리지 않았다. 서점에 깔린 지 한 달도 못 돼서 90%가 반품 절차를 밟았다. 분노한 출판사 사장은 내 시집을 낙도에 기증해버렸고, 내가 갈 곳은 군대밖에 없었다. 역시 세상은 만만한 곳이 아니라는 것을 또 한 번 느끼게 되었다.

그 후 나는 군대에 가서 임용고시를 준비했다. 이때는 운 좋게도 임용고시 미달 사태 덕분에 합격했고, 병장 진급 휴가 때 신입 교사 연수를 받아 교사가 되었다. 그때까지도 나는 교사가 아이들을 받들고 섬기는 존재여야 한다고 생각했지만, 현장은 그렇지 않았다. 아니 정반대였다. 나는 선생님들 사이에서 점점 말이 없어지기 시작했고, 속으로 병들기 시작했다. 그렇게 1년이라는 세월을 비참하게 보내다가 이듬해에 정신을 차렸다. 나는 대학 시절의 내 스타일대로 맡은 반을 이끌고 나가리라 마음먹었다.

대학 시절에 나는 교회의 주일학교 선생님이었다. 주일학교에서는 교사들에게 아이들을 위해 매일 무릎 꿇고 기도하라고 가르친다. '네 모든 삶에서 네 자신보다 네가 맡은 아이들을 먼저 생각하라고, 아이들을 예수님처럼 섬기라고.' 그렇게 가르친다. 물론 나는 주일학교 교사 시절에 아이들을 위해 매일 무릎 꿇고 기도하지도, 아이들을 예수님처럼 섬기지도 못했지만 그 정신만은 갖고 있었다. 그리고 난 아이들에게 권위적이고 교육적으로 다가가는 것보다 인간적으로 다가가려고 했다. '학교라고 해서 그렇게 살지 말라는 법이 어디 있는가?' 이렇게 생각하면서 학교의 지시보다는 내 판단에 의거해서 아이들을 가르치기 시작했다. 그러자 그때부터 '부적격 교사'라느니, '그렇게 생활하려면 교사 그만두라.'는 말이 들려오기 시작했다. 물론 그런 나에게 호의를 보여준 선생님들도 여럿 계셨지만, 대부분의 선생님들은 나를 불편한 존재로 받아

들였다. 나는 물 위에 떨어진 기름 같았다.

그러니 선생님인 내가 학교를 싫어할 수밖에 없는 것이다. 그리고 이렇게 힘들게 교직 생활을 하는 동안 내 마음속에서 끝없이 떠오르는 한 존재가 있었다.

'피노키오'

사람들 속에서 나무인형으로 살기란 얼마나 힘든 일인가. 나무인형이 하는 말을 사람들은 이해하지 못하고, 사람들이 하는 말을 나무인형은 이해하지 못한다. 그러니 둘은 영원히 평행선을 달릴 수밖에 없다. 난 교직 사회에서 피노키오였고, 지금도 피노키오다.

나무인형의 눈에는 나무인형이 보이는 법.

나는 오래지 않아 내 주위에서 나무인형들로 가득 찬 공간을 발견하게 되었다. 그곳은 바로 학교였다. 학교에는 교실마다 피노키오들이 가득 들어차 있었고, 피노키오들이 선생님에게 듣는 말은 대개가 이렇다.

"왜 하라는 대로 안 해? 혼날 거야?"

"공부 안 해?!"

"이렇게 살다가 밥도 못 먹는 사람 되고 싶어?"

"엄마 오시라고 한다!"

피노키오들이 집에서 부모님께 듣는 말도 별반 다르지 않다. 이런 얘기들을 들으며 살아가는 것을 버거워하는 아이들이 '선생님, 저 힘들어요.', '엄마, 아빠 저 힘들어요.'라고 끝없이 호소해도 선생님, 엄마, 아빠의 관심은 공부밖에 없다. 안 그래도 힘든 게 공부인데, 어른들이 만날 공부하라고 다그치니 공부가 싫을 수밖에 없다. 그런데 그 싫은 공부를 하루 종일 가르치는 곳이 학교다. 그러니 아이들이 학교를 싫어할 수밖에 없는 것이다.

사정이 이렇다 보니 나와 아이들은 서로에게 피노키오라는 말을 자주 사용하게 되었다. 그 후부터 잘못한 아이를 다룰 때면 나는 더욱 피노키오의 눈으로 다가가려고 노력했다.

어느 날인가 수업 시간에 마치 수영장에서 하듯 자유형을 구사하면서 교실 바닥을 돌아다니는 아이를 발견한 적이 있었다. 만약 교실에 그 아이와 나 단둘뿐이었다면 나 역시 자유형을 하면서 녀석에게 가까이 다가갔을 것이다. 그러고는 이렇게 말을 걸었을 것이다.

"웬만하면 수영 연습은 진짜 수영장 가서 하지 그래? 되게 힘들구먼."

하지만 수업 시간에 절대로 그럴 수는 없는 일이다. 다른 아이들의 눈이 있기 때문에 나는 녀석을 혼낼 수밖에 없었다. 내게 혼난 아이는 마치 나쁜 어른들에게 실컷 꾸지람을 듣고 난 피노키오처럼 시무룩해했다. 그런 아이를 어떤 사람이 그냥 지나칠 수 있단 말인가. 나는 아이의 어깨를 따뜻하게 두드리며 "피노키오!"라고 불렀다. 그러자 아이가 화들짝 놀라면서 이렇게 대꾸한다.

"저 거, 거짓말은 안했는데요."

"네가 거짓말을 했다는 뜻이 아니야. 네 안에는 피노키오가 있어. 그 피노키오는 너만이 갖고 있는 어떤 아픔을 아주 잘 알고 있지. 선생님 안에도 피노키오가 있어. 그래서 선생님도 너의 아픔을 느낄 수 있어. 선생님은 다 알아. 아까 너의 그 행동이 너도 모르게 저질러진 것이라는 걸. 네가 나빠서 그런 게 아니라 다른 친구들 때문에 어쩔 수 없이 혼을 냈으니 선생님을 이해해주기 바랄게."

내가 늘 이런 식으로 아이들을 달래주었더니, 내 위로(?)를 받은 아이들이 나를 '피노키오 쌤'이라고 부르기 시작했고, 그 아이들의 친구들도 나를 '피노키오 쌤'이라 불렀고, 마침내는 전교생이 나를 '피노키오 쌤'이라 부르게 되었다.

# '어린이 장발장'을 위한 피노키오 상담실

아이들이 피노키오 상담실에 들고 오는 고민거리는 다양하다. 얼마나 다양한지 몇 가지 사례만 들어볼까?

다음은 3학년 남자 아이의 고민이다.

"왜 슈퍼맨은 팬티를 그것도 아주 빨간 정력 팬티를 바지 위에 입어요? 그런 짓은 변태들만 하잖아요. 선생님이 미국 사람들한테 뭐라고 좀 해주세요. 같은 남자 입장에서 창피해 죽겠어요."

다음은 4학년 여자 아이의 고민이다.

"선생님, 어제 남자 친구랑 어린이 나이트클럽에 가서 요구르트를 마시면서 춤을 췄는데, 남자 친구 손이 제 배를 스쳤어요. 임신한 것 같아요."

이 여자 아이가 말한 어린이 나이트클럽이란 맞벌이 부모를 둔 다른 학교 친구네 집이다. 아이들은 그 집 거실에 은밀하게 모여서 요구르트를 마시면서 춤을 춘다고 한다. 한 아이가 거실 조명등 스위치를 빠른 속도로 껐다 켰다 하는 동안 한 아이는 요구르트를 쟁반에 담아서 서빙하고, 나머지는 열정적으로 춤을 추면서 논다고 한다.

다음은 5학년 남자 아이의 고민이다.

"선생님, 어제 당근 주스를 마시고 잤는데, 그 뒤로 방귀가 끊이지 않아요."

그러더니 내 앞에서 방귀를 피식하고 뀌더니 하는 말,

"이번이 벌써 열일곱 번째예요."

다음은 6학년 여자 아이의 고민이다.

"선생님, 저는 왜 교장 선생님만 보면 그 토실토실한 엉덩이에 똥침을 강하게 먹이고 싶은 걸까요? 지금 이 순간에도 교장실로 쳐들어가고 싶어 죽겠어요. 절 좀 말려주세요."

다소 황당하지만 아이들이 이런 고민들만 들고 오면 참 좋았을 것이다. 그러나 이런 고민들을 제외한 나머지 90% 이상은 심각하기 이를 데 없다. 공부 때문에 죽고 싶다는 이야기, 친구가 괴롭혀서 힘들다는 이야기, 편애하는 담임선생님 때문에 학교 오기가 싫다는 이야기, 부부 싸움 하는 엄마와 아빠 때문에 가슴이 썩어들어간다는 이야기 등.

아이들이 고민거리를 들고 오면 나는 귀 기울여 들어주다가 기껏해야 아이의 손을 잡고 문방구로 가서 떡볶이나 과자를 사줄

뿐이다. 나는 아이들에게 조언을 잘 하지 않는다. 조언 같은 것을 하고 싶은 마음도 없을 뿐 아니라 할 능력도 없기 때문이다.

버겁기 그지없는 마음의 짐을 지고서 한번쯤 인생길을 터벅터 벅 걸어본 사람이라면 알 수 있을 것이다. 남의 고민을 두고 이론적으로 옳은 소리만 떠벌리는 사람처럼 보기 싫은 사람도 없음을. 그리고 이해한다는 얼굴로 그저 따뜻하게 손잡아주는 사람처럼 고마운 사람도 없음을.

아이들도 이론적인 해법쯤이야 잘 알고 있다. 그러나 아이들은 미릿속에 든 해법내로 행동하지 못하기 때문에 고민하는 것이다. 나는 이 사실을 잘 알고 있기 때문에 섣불리 머리로 다가가지 않고 가슴으로 다가가기 위해 노력한다. 비록 그게 때때로 혼자만의 노력에 불과한 것이 될지라도.

나는 세상의 모든 교실이 '피노키오 상담실'이었으면 좋겠다. 선생님들이 수업 시간엔 공부를 열심히 가르치고 쉬는 시간이나 점심시간 그리고 방과 후에는 열심히 상담했으면 좋겠다. 그놈의 쓸데없는 공문 처리나 신문 값 걷기 같은 것 말고. 그러나 아직까지는 현실이 그렇지 못하니 세상 모든 가정에 '피노키오 상담실'이 있었으면 하고 바란다. 아니 그렇게까지는 안 되더라도 최소한 이 책을 읽는 부모님들의 가정에나마 '피노키오 상담실'이 있었으면 한다.

부모님들의 방문에 이런 알림판을 하나씩 달아놓으면 어떨까? 앞면에는 '엄마, 아빠는 너를 사랑해.'라고 적혀 있고, 뒷면에는 '피노키오 상담실'이라고 적힌 알림판. 평소에는 앞면이 내걸리지만 하루에 30분 또는 일주일에 하루 정도는 뒷면이 내걸린다. 이때 상담실 안에는 아이를 맞을 완벽한 준비가 되어 있다. 정중하면서도 편안한 분위기를 연출하기 위해서 엄마나 아빠는 깔끔하게 정장을 갖춰 입고, 맛있는 음료수와 과자 등을 준비해 놓는다. 아이는 두근거리는 마음으로 가정 안의 상담실 문을 밀고 들어오고, 솔직하게 마음속의 고민을 털어놓는다. 이때 엄마 아빠는 절대로 잔소리를 하지 않아야 하고, 그저 따뜻하게 아이의 이야기를 들어만 준다. 그러고는 마지막에 이런 말을 덧붙이면 더욱 좋을 것이다.

"엄마와 아빠는 네가 이 고민을 현명하게 잘 해결할 것이라고 믿는다. 사랑한다."

이건 누구나 할 수 있는 전혀 어렵지 않은 일이다. 그리고 만일 세상의 모든 부모님이 가정에 이런 상담실을 둔다면 우리 아이들은 참으로 행복할 것이다. 설령 심각한 고민거리가 생기더라도 거기에 병들지 않고 쉽게 해결할 수 있을 테니까.

물론 그렇다고 해서 아이를 방임해서는 안 된다. 공부를 시킬 때는 확실하게 시키고, 하지 말아야 할 행동을 저질렀을 때는 따끔하게 질책도 해야 할 것이다. 때로는 눈물이 쏙 나올 정도로 혼도 내고, 때로는 매섭게 회초리를 들 줄도 알아야 할 것이다.

선생님은 아이를 교육시키는 것이 목적이므로 나 역시 지킬 것은 지키면서 상담실을 운영하고 있다. 나는 수업을 방해하는 아이나 수업 중에 친구를 괴롭히는 아이를 발견할 때면 정말 매섭게 혼내는 무서운 선생님이 된다. 어쩌다 한 번 내주는 숙제를 안 해 오거나 준비물을 가져오지 않은 아이에게는 냉정한 얼굴로 벌을 준다. 수업은 수업이고 상담은 상담이라는 원칙을 갖고 있기 때문이다.

이런 태도 때문에 아이들로부터 '이중인격자'라는 소리를 들은 적도 여러 번 있다. 하지만 원칙을 계속 밀고 나가니까 아이들도 나의 이중적인(?) 면모를 인정해주었다. 그러다보니 가끔은 이런 장면이 연출되기도 한다. 4교시 때 짝꿍을 괴롭히다가 나에게 걸려서 실컷 야단맞고 눈물을 뚝뚝 흘리던 아이가 점심시간에 상담실 문을 조용히 열고 들어와서 "선생님, 고민이 있어요……."라며 다시 눈물을 뚝뚝 흘리는 모습.

피노키오 상담실을 운영하면서 나는 소설 속의 한 신부님을 자주 묵상했다. 일개 도둑을 단 한순간에 변화시킨, 신부님의 그 놀라운 능력이 어디서 나왔는지 『장발장』을 읽어본 사람이라면 답을 알고 있을 것이다.

어쩌면 '어린이 장발장'은 어느 집에나 있을지 모른다. 아이에게 도벽의 습관이 있을지도 모른다는 의미가 아니라, 변화가 필요

한 어떤 문제를 갖고 있을지도 모른다는 의미이다.

어린이 장발장을 변화시키려면 어떻게 해야 할까? 경찰관의 방식을 선택해야 할까, 신부님의 방식을 선택해야 할까. 이에 대해 자주 묵상해보길 권한다. 나의 경우 아이들을 변화시키는 데 이 묵상 습관이 참 많은 도움이 되었다.

2부 피노키오들의 세상 속으로
들어가다

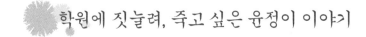

학원에 짓눌려, 죽고 싶은 윤정이 이야기

윤정이는 3학년이다.

윤정이의 고민은 자살 충동으로 원인은 학원 스트레스인데, 다니는 학원이 네 개나 된다. 윤정이는 엄마가 무서워서 이런 이야기를 못할 것 같다며 선생님이 대신 말해달라고 내게 부탁했다.

나는 곧장 윤정이 어머님께 전화를 걸어 윤정이의 심리 상태를 말씀드렸다. 하지만 윤정이가 학원에 가기 싫어서 일부러 거짓말을 하고 있다고 생각하는지 어머니의 반응이 시원찮았다. 그러면서 우리 윤정이는 절대로 자살할 아이가 아니라고 덧붙였다. 나는 내심 윤정이 어머니도 충격을 받았을 것으로 생각했지만, 첫 통화였기 때문에 그쯤에서 끝냈다. 하지만 두 번째, 세 번째 통화에서도 변화가 없었고, 심지어는 윤정이에게 학교 가서 엉뚱한 짓 하지 말라며 꾸중까지 하셨다.

나는 차선책으로 윤정이 아버님과의 전화 통화를 시도했다. 다행히 아버님과 얘기를 잘 나눈 후 마지막에는 "좋은 정보 주셔서 감사합니다."는 말까지 듣고 전화를 끊었다. 그런데 다음날, 아침부터 윤정이가 울상이 된 얼굴로 상담실에 찾아왔다. 아빠한테 아주 세게 한 대 쥐어 박혔다는 것이다.

그 후로도 윤정이는 매일 상담실에 찾아왔고, 죽고 싶다는 말을 계속했다. 아이들의 이런 얘기는 정말 심각한 문제로 발전할 수 있기 때문에 한 귀로 듣고 흘려보내서는 안 된다. 실제로 우리나라에서는 중·고등학생들이 학업 문제로 하루에 한 명꼴로 자살하고 있기 때문이다. 아이들이 초등학교 저학년 때부터 공부 때문에 죽고 싶다는 생각을 꾸준히 하게 되면, 이 생각이 쌓이고 쌓였다가 사춘기의 우울하고 불안한 감성과 겹쳐 마침내 폭발하는 것이다.

나는 윤정이의 말을 열심히 들어주었다. 그러고 나서는 지금 무엇을 가장 하고 싶은지 꼭 물어보았다. 인터넷을 마음껏 하고 싶다고 할 때는 서슴없이 내 컴퓨터를 빌려주었고, 운동장을 마음껏 뛰고 싶다고 할 때는 함께 운동장을 마구 뛰었다.

그렇게 한 달이 지나갔다.

윤정이는 매일같이 상담실에 들렀지만, 더 이상 컴퓨터를 하지 않았다. 대신 친구랑 함께 와서 오래도록 책을 읽다가 돌아갔다. 그러던 어느 날 윤정이가 내게 이제는 더 이상 자살하고 싶지 않다고 했을 때 나는 무척 기뻤다.

내가 윤정이에게 해준 것은 별 게 없다. 그저 윤정이의 말을 들어주고, 윤정이가 하고 싶은 것을 하게 해주었을 뿐이다.

아이의 자살이라는 잔혹한 운명의 희생자가 된 부모들의 인터뷰 내용 중에 꼭 빠지지 않고 등장하는 말이 있다.

"우리 아이가 이럴 줄은 상상도 못했어요."

하지만 만약 부모가 그런 상상을 한번쯤 진지하게 해보았다면, 뉴스에서 보도되는 아이들의 자살 소식이 내 가정에서도 얼마든지 일어날 수 있는 일이라는 생각을 정말 심각하게 해보았다면 최악의 상황은 막을 수 있었을 것이다.

극단적이지만 나는 세상의 모든 아이가 학업 스트레스로 인해 자살할 가능성을 항상 갖고 있다고 가정하고 있다. 그래서 공부 때문에 죽고 싶다며 상담실 문을 열고 들어오는 아이들을 다른 아이들보다 더 진지하게 대한다. 그리고 한때는 나도 부모님의 과도한 간섭 때문에 죽고 싶다는 생각을 한 경험이 있기 때문에 상담을 받으러 온 아이들에게 쓸데없는 말을 하지 않는다. 예를 들면 종교적 윤리의식에 바탕을 둔 설교조의 이야기라든가, "너 도대체 왜 그러니? 뭐가 문제야?" 하는 식의 꾸짖고 다그치는 말을 하지 않는 것이다. 그럴수록 아이는 더 죽고 싶어질 뿐이라는 것을 나는 잘 알고 있다.

아이들의 고민을 해결해주는 가장 좋은 방법은 그냥 고개 끄덕이면서 들어주고, 이야기가 끝나면 손을 꼭 잡고 밖으로 나가서 맛있는 것을 사주는 것이다. 이런 단순한 행동에는 세 가지 메시지가 포함되어 있다.

'네가 힘든 거 이해해.'

'나는 네 편이야.'

'이렇게 맛있는 것들을 놔두고 죽으면 억울하지 않겠니?'

그러면 아이들은 더 이상 죽고 싶어 하지 않는다. 그때부터 아이들은 다시금 언제나 즐거운 천진난만한 아이로 돌아간다.

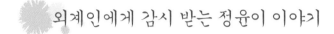# 외계인에게 감시 받는 정윤이 이야기

정윤이는 4학년이다.

내게 상담 치료를 받기 전까지는 자신이 나쁜 외계인들의 감시를 받고 있다고 생각하고 있었다. 정윤이는 자신을 아쿠라시아 별에서 도망쳐온 왕자 외계인으로 믿고 있었는데, 나쁜 외계인들이 반란을 일으켰다나. 어쨌든 정윤이는 아쿠라시아 별과 수시로 교신을 했고 교신을 마칠 때마다 나쁜 외계인들에게 쫓겨 다녔다. 물론 나는 이 이야기를 누구에게도 하지 않았고, 나중에 정윤이와 꽤 친해진 뒤 이렇게 물어보았다.

"정윤이는 자신의 비밀을 친구들에게 왜 털어놓지 않니? 왜 나쁜 외계인들을 쫓아달라고 부모님께 도움을 청하지 않니?"

그러자 정윤이는 이렇게 대답했다.

"지구인들은 이런 이야기에 익숙하지 않아요. 지구인들은 자기가 이해할 수 없는 이야기를 들으면 이상한 놈이라고 생각하면서 쉽게 무시해버리죠. 우주는 그렇게 간단한 게 아닌데 말이에요."

나는 정윤이의 말에 적잖이 놀랐다. 이게 과연 초등학교 4학년생이 할 수 있는 말인가? 정윤이는 어쩌면 천재일지도 모른다.

나와 상담을 시작한 지 얼마 안 되어 정윤이는 외계인 친구들

을 멀리 떠나보냈다. 이유는 간단했다. 피노키오 선생님이 정윤이를 괴롭히는 나쁜 외계인들을 음악실 복도에서 체포했고, 우주경찰관에게 인계했기 때문이다. 그리고 "김정윤, 당신은 이제 완벽한 지구인입니다. 아쿠라시아 별의 모든 기억은 이제 잊어도 좋습니다."라고 선언했기 때문이다.

나는 정윤이의 세계를 인정해주었고, 그 세계에 동참해주었다. 그러자 정윤이가 스스로 상상 속의 친구들을 떠나보낸 것이다.

정윤이처럼 혼자만의 세계를 가지고 있는 초등학생 아이들이 의외로 많다. 이런 아이들은 저학년 때는 순진하게 상상 속 친구 이야기를 주변 사람들에게 잘한다. 하지만 보통 3학년 정도가 되면 말해봤자 무시만 당한다는 사실을 경험으로 터득하기 때문에 숨기게 된다.

상상 속 친구를 갖는 게 나쁜 것은 아니지만, 교육심리학자들의 의견에 따르면 아이들은 주로 정서적으로 불안정하거나 욕구 불만일 때 상상의 친구를 갖게 된다고 한다. 초등학교 시절의 상상 속 친구를 떠나보내지 못하면 아이들이 사춘기 때 어떻게 변하게 될까? 상습적으로 물건을 훔치는 아이가 되기 쉽고, 자위행위에 과도하게 몰두하는 아이가 되기 쉽다고 한다. 정말 두려운 일이다.

아이로 하여금 상상의 친구를 떠나보내게 하는 방법은 간단하다.

아이가 가진 상상의 세계를 인정해주면 된다. 예를 들어 나는 정윤이가 나쁜 외계인에게 쫓기고 있다며 상담실로 피신해 올 때마다 빗자루 광선총을 들고 나가서 외계인들을 퇴치해주었다. 그리고 정윤이가 아쿠라시아 별에서 메시지가 왔다며 호들갑을 떨 때마다 정윤이를 상담실 안의 비밀기지, 프로젝션 텔레비전과 교실 벽 사이의 작은 공간으로 데려가서 메시지를 해독해주었다.

정말 웃긴 행동이라는 것, 나도 안다. 사실 이 장면을 다른 아이들에게 들켜서 아이들로부터 '외계인 쌤'이라는 별명까지 얻게 되었지만 당사자인 정윤이가 보기에도 웃길까? 아니다. 정윤이는 자신의 세계에 열심히 동참하는 나를 보면서 이렇게 생각했다고 한다. 외계인 친구들보다 더 괜찮은 지구인 친구를 발견했다고. 정윤이는 나를 진정한 정신적인 친구로 생각하고 매일 나를 찾아왔다. 하지만 그것도 한때일 뿐, 두어 달 쯤 지나자 정윤이는 나에게 흥미를 잃고 진짜 친구들을 사귀기 시작했다. 같은 반 친구들에게 마음을 열기 시작한 것이다.

아이들은 모두 그렇다. 주위에 조금만 자기 편이 되어주는 어른이 있으면 기특하게도 알아서 제자리로 돌아간다.

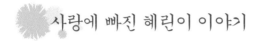# 사랑에 빠진 혜린이 이야기

혜린이는 6학년이다.

혜린이의 고민은 남자 친구였다. 혜린이는 유치원 시절부터 왕자님 같은 남자 친구를 꿈꾸어 왔는데, 다행스럽게도 그 소원은 5학년 2학기 때 이루어졌다. 그런데 그 다음 소원이 문제였다. 혜린이는 뭔가 드라마틱한 사랑을 원했다. 그러니까 단둘이서 그윽한 눈길을 주고받으면서 오래도록 대화를 나누고, 손을 잡고 시내를 쏘다니고, 분위기 좋은 곳에서 키스도 하고 뭐 그런 것 말이다. 혜린이의 남자 친구는 다른 학교 6학년 학생이었는데, 그 아이는 대화를 나눌 줄도 모르고, 손을 잡을 줄도 모르고, 혜린이의 맘을 너무 몰랐다. 물론 혜린이의 이런 고민은 세상 누구도 몰랐다. 친구들은 혜린이에게 남자 친구가 있다는 것만 알았고, 엄마는 그저 혜린이가 열심히 학교와 학원을 왔다 갔다 하는 줄로만 알았다.

나는 혜린이의 말을 열심히 들어만 주었다. 솔직히 말해서 딱히 제시해줄 만한 해결책이 떠오르지 않았기 때문이었다. 결혼도 안한 총각 선생님이 사춘기에 절반 이상 진입한 초등학교 6학년 여자 아이의 심리를 어떻게 알 수 있겠는가. 하지만 혜린이는 남자 친구를 만나고 올 때마다 나를 찾아와서 남자 친구 흉을 봤고, 나는 열심히 들어주었다.

그렇게 몇 달이 지나갔고, 언제부터인가 혜린이의 발길이 뜸해졌다. 그 이유가 무척 궁금했지만, 묻지 않았다. 그러던 어느 날 혜린이가 상담실 문을 드르륵 열며 들어왔다. 그러고는 깍쟁이 같은 얼굴을 하고서 곧 중학생이 되는데 공부를 정말 열심히 해야 할 것 같고, 남자 친구를 사귀는 것이 공부하는 데 도움이 되지 않는다는 판단을 내렸기 때문에 남자 친구와 헤어졌다고 말했다.

초등학생들의 이성 교제가 엄마들 사이에서는 화젯거리일 수 있다. 하지만 당사자인 초등학생들 사이에서는 별다른 얘깃거리가 되지 못할 정도로 일상화되어 있다.

한번은 이런 적도 있었다.

2학년 교실에 보결 수업을 들어갔는데, 그 반에 매우 귀엽고 깜찍한 여자 아이가 있는 것이었다. 그런데 쉬는 시간이 되자 녀석이 춤을 어찌나 잘 추든지 나는 감탄해서 엄지손가락을 들어 보였다. 그랬더니 아이들이 하는 말, "에이, 선생님~, 현주한테 너무 관심 갖지 마세요. 얘는 임자 있는 몸이라고요."

초등학교에는 1학년 교실부터 6학년 교실까지 커플들이 넘쳐난다. 예쁜 여자 아이를 두고 남자들끼리 결투를 벌이는 일이 벌어지는가 하면, 바람을 피운 남자 아이가 여자 친구에게 얻어맞는 장면도 목격된다. 정말 세상이 많이 변했다. 하지만 이성 교제가 요

즘 아이들에게는 하나의 문화이므로, 어른들이 그것을 인정해주고 수용해 주어야 한다. 아무것도 모르는 아이들 같지만, 어느 선 이상은 넘으면 안 된다는 것, 공부를 위해서라면 헤어질 줄도 알아야 한다는 것 등 우리 아이들도 알아야 할 것은 잘 알고 있다. 괜히 엄마가 나서서 야단법석을 떨면 말 그대로 불난 집에 기름을 붓는 격이 될 수도 있다. 엄마에 대한 반항으로 엄마를 철저히 속이면서 둘만이 더욱 뜨겁게 불타오르는 길로 나가게 될지도 모르니 속이 부글부글 끓더라도 웃으면서 인정해주는 게 상책이다.

자녀의 이성 교제 문제로 골머리를 앓는 부모님이라면 날을 잡아서 어린 연인을 근사한 레스토랑으로 초대해보는 것은 어떨까? 그리고 두 사람을 축복해주고 작은 선물을 안겨주면 어떨까? 그때부터 아이는 엄마를 절대적으로 믿으며 둘 사이에 있었던 모든 일과 앞으로 저지르고 싶은 모든 일을 털어놓을 것이다. 엄마와 아이의 마음이 서로 이 정도까지 열리면 성공이다. 조금만 마음을 열면 부모는 얼마든지 아이를 건전한 이성 교제의 길로 이끌 수 있다.

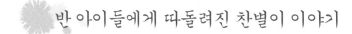# 반 아이들에게 따돌려진 찬별이 이야기

찬별이는 도움반 어린이가 아니지만 반 아이들은 찬별이를 도움반이라고 부른다.

어느 날인가 찬별이는 열두 번도 넘게 상담실 문 앞을 기웃거린 적이 있었다. 그런데 내가 "찬별아, 왜?" 하고 물으면 얼굴이 빨개지면서 도망을 치는 것이 아닌가. 나는 내심 잔뜩 긴장했다. 이거 동성인 찬별이 녀석으로부터 사귀자는 제안을 받는 건 아닌지라는 생각이 들었기 때문이다. 그도 그럴 것이 사실 난 실제로 이런 난처한 제안을 받았던 애매한(?) 기억이 있었다.

그날 찬별이는 결국 상담실에 들어오지 않았고, 찬별이의 고민거리는 며칠 뒤에야 알게 되었다. 찬별이네 반에서 유일하게 공개적으로 찬별이를 지지하는 천사표 어린이 두 명을 통해 찬별이가 짝꿍인 두석이로부터 말 못할 육체적, 정신적 학대를 받고 있다는 얘기를 듣게 된 것이다.

나는 두석이를 불러서 그동안 찬별이를 괴롭힌 것에 대해 적으라고 했다. 두석이가 찬별이에게 행한 나쁜 짓들은 여기에서 차마 공개할 수 없을 정도로 거의 범죄 수준이었다. 나는 두석이를 데리고 남자 화장실로 갔다. 우리 학교 남자 화장실에는 경찰청에서 제작 및 배포한 스티커가 붙어 있는데, 거기에는 비밀을 보장할 테니 학교 폭력 피해자는 얼른 신고하고, 처분을 가볍게 해줄 테니 가해자는 얼른 자수하라는 내용이 적혀 있다.

나는 두석이에게 스티커를 소리 내어 읽게 한 뒤 자세히 설명을 해주었다. 네가 저지른 짓이 바로 학교 폭력이라고. 너는 찬별이에게 감사해야 한다고. 만일 지금이라도 찬별이가 너를 신고하면, 넌 꼼짝없이 경찰서로 끌려간다고.

설명을 다 듣고 난 두석이의 고개가 푹 꺾였다.

그런 두석이의 손을 잡고 문방구로 가서 컵 떡볶이를 사주었다. 친구를 괴롭힌 행동은 나빴지만, 두석이도 그저 어린아이일 뿐이다. 방금 전까지만 해도 남자 화장실에서 두려움에 벌벌 떨었던 녀석이 문방구 아주머니한테 "달걀 큰 것으로 주세요~", "국물 많이 넣어 주세요~"라며 애원하는 것을 보면.

떡볶이 한 컵을 후다닥 먹어치운 두석이에게 아이스크림을 사주면서 내가 생각하는 찬별이의 성품에 대해서 말해주었다.

"찬별이는 우리 학교에서 가장 사나이다운 학생이다. 너를 비롯해서 같은 학년 아이들 거의 전체에게 따돌림을 받고 있지만, 누구도 미워하지 않고 오직 묵묵히 그 모든 것을 받아들이고 있다. 또 경찰서에 신고하는 쉬운 방법을 택하지 않고, 너희들이 변하기를 기다리는 어려운 방법을 택해 자신의 선택을 흔들림 없이 지켜나가고 있다. 선생님은 찬별이를 진정한 남자라고 생각한다."

　　그러면서 이렇게 덧붙였다.

　　"이런 멋진 성품을 가진 찬별이를 위해서 네가 해줄 수 있는

일이 뭐가 있겠니?"

그러자 두석이가 대답했다.

"찬별이랑 친하게 지내면서 사나이 정찬별의 마음가짐을 배우겠습니다."

지금 두석이는 다른 반 친구들이 찬별이에게 함부로 했다는 말을 들으면 가장 먼저 달려가서 따지고 사과를 받아낼 정도로 찬별이와 친하게 지낸다.

초등학교에는 집단으로 괴롭힘을 당하는 아이들이 반마다 적게는 한두 명, 많게는 대여섯 명까지 있다. 이 아이들은 마치 병균처럼 취급당한다. 이 아이들이 가까이 다가오면 반 아이들은 "썩는다!"라고 소리를 지르면서 도망가곤 하는데, 이게 가장 약한 케이스다. 따돌림을 당하는 아이들이 같은 반, 같은 학년 아이들에게 받는 정신적, 육체적 고통은 상상을 초월한다. 선생님이 꾸짖고 혼내고 교화시켜도 순간일 뿐, 선생님 몰래 따돌리고 괴롭힌다.

아마 당신의 아이도 괴롭히든지 괴롭힘을 받든지 둘 중 하나에 속해서 학교생활을 하고 있을 것이다. 괴롭힘을 당하는 아이들의 편에 서는 천사표 아이들은 학년 전체를 통틀어 많아야 서너 명 정도에 불과하다. 이는 편을 들어주면 같이 따돌림을 받게 되니까 나타나는 안타까운 현상인데, 일단 따돌리는 현상이 발생하는 곳에서 생활하는 아이들은 모두가 피해자가 된다. 괴롭히는 아이는 비열하고 잔인한 성품을 갖게 되고, 괴롭힘을 당하는 아이는 인격이 파괴되고, 수수방관하는 아이는 자신도 모르게 비겁한 성품의 소유자가 되기 때문이다.

우리 아이가 이런 피해자가 되지 않게 하려면, 반에 따돌림을 당하는 아이가 있는지, 만일 있다면 그 아이에게 어떻게 대하는지 등을 자세하게 물어보아야 한다. 그런 다음 따돌림 당하는 아이의 편에 서라고, 우리 교실에서 일어나고 있는 집단 따돌림 현상에 대한 안건을 학급회의 시간에 제출하라고, 집단 따돌림을 주도하는 아이들을 개별적으로 만나서 너희들이 잘못하고 있다는 지적을 해 주라고, 그게 진정으로 친구를 위하는 자세라고 용기를 북돋아주어야 한다.

그러다가 내 아이도 따돌림을 받으면 어쩌나 하는 생각에 아이에게 그런 말을 하기가 두려울 수도 있을 것이다. 하지만 그런 현상은 절대로 발생하지 않는다. 용기 있게 일어서는 아이에게는 반드시 지지 세력이 생겨나게 마련이고, 그 세력이 교실의 분위기를 쇄신시키고, 마침내 공개적인 집단 따돌림이 사라지기 때문이다.

그리고 그 과정이 모두 끝나면, 당신의 아이는 리더가 된다. 나는 이런 경우를 여러 번 목격했다.

선생님을 선생님으로 보지 않는 작은 악마들의 이야기

처녀 선생님이 새 구두를 신고 학교에 왔다. 그런데 며칠 뒤 선생님의 구두가 실종되었고, 다시 며칠 뒤 선생님의 구두는 칼로 갈가리 찢긴 채 쓰레기장에서 발견되었다. 범인은 그 선생님 반의 아이였는데, 선생님께 꾸지람을 듣자 복수심에 그런 일을 저지른 것이었다.

나이 지긋한 남자 선생님의 휴대전화로 발신 번호가 생략된 모욕적인 문자 메시지가 수시로 전송된다. 선생님은 노이로제에 걸릴 지경에 이르렀고, 전화국에 요청해서 자료를 받아보았더니 발신자는 선생님 반 아이였다. 아이가 그런 일을 저지른 이유는 단 하나, 선생님이 마음에 들지 않는다는 것이었다.

삼십대 후반의 여자 선생님이 사표 쓸 것을 진지하게 고민한다. 또 자신의 남편에게도 해외지사 발령을 받을 것을 강력하게 요구한다. 마침내 선생님은 한국을 떠나게 되는데, 더 이상 학교를 다니다가는 통제 불가능한 아이들 때문에 무서운 일을 저지르거나 정신병원에 입원할 것 같은 두려움이 들었기 때문이다. 시댁과 친정에서는 초등학교 교사란 무릇 아이들과 함께 무한히 행복하고, 무한히 아름다운 추억들만 만들면서 사는 줄 안다. 그래서 고충을 말해도 통하지 않고, 오히려 비난만 받을 것을 잘 알기 때문에 남편의 해외지사 발령을 핑계로 사표 쓰는 방법을 택한 것이다.

　요즘 아이들은 선생님의 권위를 인정하지 않는데, 이렇게 되기까지는 교사에게도 책임이 있다. 어느 학교에나 분명 이상한 교사들이 존재한다. 나도 그런 교사에게 직접적인 피해를 입은 기억이 있다. 그 이상한 교사는 내가 자기 말을 인정하지 않자 물건을 집어던져서 깨뜨리고, 미친 듯이 자신의 입술을 깨물어서 피를 줄줄 흘렸다.

　물론 승진이라든지 점수 같은 것에는 전혀 관심을 두지 않고 오로지 아이들을 위해서 헌신하는 성자 같은 교사들이 아직도 우리 교단에 많다. 하지만 요즘에는 후자의 선생님들마저 교직에 회의를 갖는다는 것이 문제이다. 실제로 내가 아는 존경스러운 선생님 몇 분이 최근에 줄줄이 명예퇴직을 하셨다. 몇 년 전만 해도 정년퇴직 이후로도 교단에 강사 선생님으로 복귀해서 아이들을 가르치겠다는 의지를 강하게 내비쳤던 분들이시다. 그분들은 이구동성으로, 더 이상 지체했다가는 교단에서 불쾌한 기억만 갖고 떠날 것 같은 두려움 때문에 급히 명예퇴직을 선택했다고 하셨다.

요즘은 담임선생님이 반 아이들 전체를 대상으로 꾸짖거나 매를 드는 시늉만 해도 뒷자리에 앉은 아이들이 휴대전화를 꺼낸다. 조금만 더 심해지면 경찰서에 신고하겠다는 의사 표시를 하는 것

이다. 물론 일종의 자기 과시로서 담임선생님 눈에 안 띄게, 자기들끼리 취하는 제스처이다. 그런데 안타깝게도 종종 이 제스처가 실제로 이어지면서 담임선생님을 경찰에 신고하는 것 정도는 요즘 우리 아이들에게 아무것도 아닌 일이 되어버렸다.

내가 하고 싶은 이야기는 이런 상태가 우리 아이들에게 좋지 않은 영향을 미친다는 것이고, 이런 상태를 개선시켜 나가기 위해서는 노력이 필요하다는 것이다. 그 방법으로 교사는 학생과 학부모에게 사랑과 존경을 받을 수 있는 가르침을 펴기 위해 노력해야 하고, 학부모는 아이에게 교사의 권위를 존중하도록 지속적으로 교육시킬 것을 제안하고 싶다.

내가 아는 어떤 선생님은 어쩌면 공허한 이상으로 들릴 수도 있을 법한 이 이야기들을 실제로 실천해서 해마다 긍정적인 결과를 만들어내고 있다. 그 선생님은 3월 초가 되면 학부모들에게 이런 제안을 한다. 앞으로 일 년 동안 혼신의 힘을 다해서 아이들을 가르칠 테니 아이들에게 교사의 권위를 존중하는 가정교육을 시켜주고, 교육적인 체벌을 허락해 달라고. 그러면 서너 명의 부모님을 빼고 대부분 동의한다고 한다.

이렇게 되면 최대 수혜자는 아이들이 된다. 선생님을 존경하니까 선생님의 말씀을 귀담아듣게 되고, 그 결과 학업과 학교생활

에 긍정적인 변화를 보이기 때문이다. 더 나아가서 많은 아이들이 학교에서 담임선생님께 그러듯이 가정에서는 부모님을 존경하고 부모님의 말씀에 순종하는 아이로 변하게 된다.

나는 이런 변화가 대한민국의 모든 교실에서 일어날 수 있다고 생각한다.

교사와 학부모는 아이를 잘 키우겠다는 목표 아래 만난 운명공동체라고 할 수 있다. 이 두 존재가 한마음 한뜻으로 뭉치지 않으면 어떤 일이 일어나겠는가? 아이들만 피해를 볼 뿐이다. 교사와 부모가 서로 마음을 열고 손을 잡고 함께 나아가는 것, 그것만이 위기에 빠진 공교육을 살릴 수 있는 유일한 길이라는 것을 얘기하고 싶다.

음란물에 멍든 해준이 이야기

해준이는 5학년이다.

해준이는 스스로 상담실을 찾은 것이 아니고, 친구들에게 체포(?)되어 왔다. 피노키오 상담실에는 이렇게 체포되어 오는 아이들이 종종 있는데, 해준이의 혐의는 상습적인 음란 비디오 감상, 음란 사이트 서핑, 음란 만화 제작 및 배포였다.

해준이 정도로 음란물에 중독된 아이들은 3학년의 경우 학년 전체에 한두 명 정도, 4학년의 경우 두세 반에 한두 명 정도, 5·6학년의 경우 한 반에 한 명 정도 존재한다.

첫 발령지에서 있었던 일이다.

정보화 교육에 열정을 갖고 있던 교장 선생님의 지시로 점심시간에 컴퓨터실을 개방했는데, 40여 대의 컴퓨터에는 매일같이 아이들이 새까맣게 몰려들었다. 당시 컴퓨터 담당 선생님이 남자 선생님이어서 간혹 이야기를 나누곤 했는데, 어느 날 그 선생님이 황당한 얼굴로 이렇게 말하는 것이었다.

"선생님, 어제 컴퓨터실 컴퓨터를 점검했는데 즐겨찾기에 음란 사이트가 등록 안 된 컴퓨터가 한 대도 없는 거 있죠. 너무 어이가 없어서 오늘 점심시간에 컴퓨터실을 불시에 방문했더니 애들이 화들짝 놀라면서 화면에 뜬 창을 막 닫는 거예요. 알고 봤더니 절반은 게임 사이트고 나머지 절반은 음란 사이트더라고요. 보안 프로그램을 설치할 때까지는 컴퓨터실을 폐쇄해야겠어요. 요즘 애들이 이 지경까지 왔네요."

초등학교 남자 아이들의 약 절반이 3, 4학년 때 음란물을 한 번 이상 접하고, 대부분의 남자 아이들이 5, 6학년 때 한 번 이상 접한다. 그리고 3, 4학년 남자 아이의 약 10%와 5, 6학년 남자 아이의 약 20~30%가 한 번 접한 음란물을 지속적으로 접한다. 그렇다고 음란물을 보는 아이들에게 특별한 문제가 있는 것은 아니다. 그들

중 대부분이 집에서는 엄마 말씀 잘 듣고, 학교에서는 선생님 말씀을 잘 듣는 착한 아이들이다.

해준이 친구들의 말에 따르면 이제 해준이는 음란 사이트에 들어가지 않는다. 더 이상 음란 비디오도 보지 않고 음란 만화를 제작 및 배포하지도 않는다. 해준이는 피노키오 상담실에서 상담을 받은 덕분에 뜨거운(?) 세계로부터 빠져나올 수 있었다며 그 공을 나에게로 돌렸다. 하지만 나는 아직도 해준이에 대한 경계의 끈을 늦추지 않고 있다. 남자라면 누구나 그렇겠지만 나도 한때 음란물에 지대한(?) 관심을 보였던 적이 있고, 그게 얼마나 강한 중독성을 갖고 있는지 잘 알기 때문이다.

사실 나에게 있어서 해준이 사건은 당혹 그 자체였다. 중학생이라면 몰라도 초등학생이 음란물이라니, 무슨 말을 어떻게 해야 할지 어떤 행동을 취해야 할지 도무지 감이 잡히지 않았다. 결국 나는 양호 선생님께 도움을 구하는 방법을 생각해냈고, 양호 선생님은 여성의 전화에서 일하는 성 상담 전문가 한 분을 소개시켜 주셨다.

해준이가 그린 음란 만화를 보고 난 성 상담 전문 선생님의 의견은 충격이었다.

"거의 프로 수준이네요. 보세요. 스토리가 탄탄하잖아요. 보통 아이들이라면 그냥 음란한 그림을 그리는 수준에서 그치죠. 하지만 이 아이는 짜임새 있는 구성을 보여주고 있어요. 혼자 즐기는 게 아니라 사람들과 나누고 싶은 거죠. 어쩌면 이 아이는 후일 에로영화 대본을 집필하는 사람이나 음란물 제작자가 될지도 모르겠네요. 너무 심각한 수준이라 치료가 가능할지 모르겠어요."

하지만 나는 일말의 희망을 가지고 치료법을 물어보았다. 그리고 치료법을 듣는 순간 또 한 번 충격의 소용돌이에 휘말리고 말았다. 정말 머릿속에서 뭔가가 와장창 하고 깨지는 느낌이었다.

"이런 경우 아이와 같이 포르노를 보면서 아이의 생각과 감정을 물어보면서 치료를 하는 방법이 있어요."

세상에! 피 끓는 총각 선생님이 역시 한 피 끓는(?) 해준이랑 나란히 앉아 포르노를 보면서 서로의 생각과 감정을 교환하라니. 둘이서 대체 무슨 이야기를 하겠는가?

"생각보다 많이 야하네. 얼굴이 자꾸 화끈거리네. 정말 유혹적이네."

뭐 이런 이야기? 아니 내가 늑대의 욕망(?)을 완벽하게 제거하고 말 그대로 전문 치료 선생님이 되어 해준이와 포르노를 교재로 성교육을 했다고 치자. 그러면 그 이야기를 접한 아이들과 학부모님들, 그리고 학교 선생님들이 대체 나를 뭐라고 생각하겠는가? 상상하기조차 두려워진 나는 "그러다가 9시 뉴스에 변태 교사로 보도되고 학교에서 불명예스럽게 잘릴 것 같은데요."라고 말하며 고개를 도리도리 저을 수밖에 없었다. 그랬더니 성 상담 전문가 선생님이 말씀하셨다.

"그럼 저희 쪽으로 아이를 보내주시겠어요. 저희 쪽에 전문적인 치료 프로그램이 있으니까요. 게다가 무료예요."

그래서 나는 해준이의 어머님께 자초지종을 말씀드리고, 여름방학 때 꼭 해준이를 데리고 치료를 받으라고 당부했다. 하지만 해

준이 어머님은 방학 때 해준이를 치료 센터에 데리고 가지 않으셨고, 결국 해준이의 치료는 내 몫이 되고 말았다.

뭔가를 하긴 해야겠는데, 뭘 어떻게 해야 할지 알 수가 없었다. 그래서 나는 주기적으로 해준이를 불러 나의 지난 이야기들을 들려주었다. 해준이보다 고작 두 살 많은 나이에 음란 잡지를 보게 된 일, 음란 영화를 보기 위해서 학원을 땡땡이쳤던 일, 친구네 집에 공부하러 간다고 거짓말하고 실제로는 친구와 야한 비디오를 보았던 일 등. 그러고는 이런 말을 해주었다.

"네 마음 충분히 이해한다. 나도 너랑 똑같았어. 물론 네가 좀 빠르고 과한 면이 있긴 하지만, 충분히 그럴 수도 있다고 생각한다. 너도 피 끓는 남자니까."

상담이 끝나면 손을 잡고 학교 앞 문방구로 가서 해준이가 먹고 싶어하는 걸 사주었다. 그러면 언제나 해준이의 얼굴이 환해졌고, 그때마다 나는 이렇게 말했다.

"좋아. 그럼 이거 먹고 이번 주는 저번 주보다 야한 생각 덜하기다!"

그러면 해준이는 흡족한 얼굴로 고개를 끄덕였다. 내가 한 일이라곤 단지 이것뿐이었지만, 효과가 있었다.

해준이가 변했다.

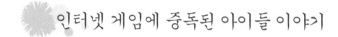# 인터넷 게임에 중독된 아이들 이야기

남자 아이들은 3학년 때까지는 온순하다. 하지만 4학년이 되면서부터 점점 폭력적으로 변하다가 5, 6학년쯤 되면 거의 모든 남자 아이가 폭력에 중독된 양상을 보인다. 누군가를 잔인하게 구타하는 장면이라든지 칼로 사람을 참혹하게 살해하는 장면 등이 그려진 그림을 책, 노트, 책상, 교실 벽 등에서 쉽게 찾아볼 수 있다. 그리고 툭하면 "맞장 뜰래?!"라는 말을 던진다. 물론 대부분 서로 위협하는 수준에서 그치지만 격렬한 싸움으로 발전하는 경우도 더러 있다. 게임업계 종사자들은 어떻게 생각할지 모르지만, 내가 보기에 아이들의 폭력성은 인터넷 게임에서 상당히 많은 영향을 받은 결과이다.

내가 가르쳤던 아이들 중 집에 컴퓨터가 없는 아이가 있었다. 부모님이 자녀 교육에 헌신적인 분이셨는데, 아이의 장래를 생각해서 아이가 유치원에 입학하는 날 집에서 텔레비전과 컴퓨터를 없앴다. 그리고 저녁이면 온 가족이 둘러앉아서 책을 읽거나 건전한 놀이 문화를 향유했다. 당연히 아이는 보기 드물게 침착하고, 사려 깊고, 온화한 아이로 자랐다. 그 아이의 모든 것이 얼마나 해맑고 또 밝았던지, 반 아이들은 물론이고 선생님들까지도 그 아이

만 보면 마음이 다 행복해지고 또 편안해질 정도였다.

그런데 언젠가부터 그 아이한테서 불편한 감정이 느껴지기 시작했다. 아이는 점점 충동적으로 변해 갔고, 다른 아이들과 충돌하는 일이 잦아졌다. 어느 날인가 아이는 마침내 화장실에서 큰 싸움을 벌였고, 일방적으로 두들겨 맞았다. 다음날 아이는 가방에 와인 병을 몰래 숨겨 와서 자신을 때린 아이에게 린치를 가했다. 린치를 당하던 아이는 자신을 향해 무차별적으로 쏟아지는 와인 병을 막다가 손가락 하나가 골절되는 피해를 입었다. 그나마 그 정도로 그친 게 천만다행이었다. 아이는 와인 병으로 두들겨 패는 복수가 실패하면 칼로 복수를 할 생각이었다는 끔찍한 말까지 서슴없이 했으니까. 그렇게 온순하던 아이가 죄의식 없이 이런 무서운 일을 저지르게 된 원인은 바로 인터넷 게임이었다. 학원에서 새로 사귄 친구가 아이를 PC방으로 이끌었고, 그 뒤는 뻔한 스토리다.

조직 폭력배를 미화하는 영화 역시 초등학생 남자 아이들에게는 큰 악영향을 미친다. 남자 아이들은 일 년에 보통 한두 차례 이상 다른 학교 남학생들과 패싸움을 벌이는데, 이때 싸움에서 폭력 영화나 비디오를 보며 배운 것을 그대로 재현한다. 못이 박힌 각목, 하키 스틱, 쇠 파이프는 내가 실제로 초등학교 5학년 남자 아이들의 패싸움 현장에서 압수한 물건들이다. 당시 패싸움에 참여했

던 아이들 중에는 전교어린이회 임원, 어린이교통안전지도 대원,
보이스카우트 조장도 포함되어 있었다. 패싸움을 벌인 이유는 상
대 학교 아이들이 우리 학교 운동장에서 축구하지 말라는 사신들

의 경고를 무시했기 때문이었다.

패싸움은 보통 어른들의 눈에 띄지 않는 장소에서 마치 비밀 결사와도 같은 보안을 유지한 채 치러지기 때문에 교사나 학부모가 그 정보를 입수하는 것이 거의 불가능하다. 그리고 싸움에 참여한 아이들은 병원에 실려 갈 정도의 부상을 입지 않는 한, 아무리 심하게 얻어맞았더라도 패싸움 때문이었노라고 솔직하게 자백하지 않는다. 기껏해야 넘어져서 다쳤다거나 깡패한테 맞았다는 식으로 둘러대기 때문에 어른들이 개입하기가 쉽지 않다.

세계의 모든 기업은 여성의 온화함, 부드러움, 섬세함으로 조직을 이끌어가는 CEO를 가진 기업만이 경쟁에서 살아남는 시대가 올 것이라고 이야기하고 있다. 그런데 우리의 아이들은 정반대로 흘러가고 있고, 그 배경에는 폭력성을 부추기는 인터넷 게임과 폭력을 미화하는 영화가 있다. 이 문제를 해결하는 방법은 단 하나, 지구상에서 폭력적인 게임과 영화를 영구히 추방하는 방법밖에 없다. 이렇게 너무도 이상적이고 비현실적인 대안 외에는 다른 해법이 보이지 않을 정도로 우리 아이들의 세계가 오염되어 있다는 사실이 참 안타깝다. 지금이라도 모든 부모와 교사가 나서서 폭력 게임과 폭력 영화를 아이들에게서 최대한 멀리 떨어지도록 노력해야 한다.

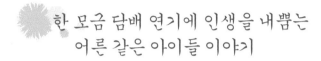# 한 모금 담배 연기에 인생을 내뿜는 어른 같은 아이들 이야기

어느 날 6학년 연구실에 놀러 갔다가 겪은 사건이다.

여자 아이 두어 명과 남자 아이 십여 명이 6학년 담당 선생님께 혼나고 있었다. 평소 아이들을 사랑하고 존중하는 분위기를 물씬 풍기는 선생님이라 나 역시 호감을 갖고 있었던 선생님인데, 그날따라 무서운 분위기를 연출하고 계셨다. 같은 교사인 나조차도 움찔할 정도로.

그 선생님이 아이들을 혼낸 가장 큰 이유는 아이들이 거짓말을 했기 때문이었다. 분명히 선생님은 녀석들이 유치원 놀이터에서 집단으로 흡연을 했다는 정보를 입수했는데, 녀석들은 그런 적 없다며 발뺌하고 있었다. 하지만 선생님이 제시한 정보가 워낙 구체적이고 상세했기 때문에 녀석들은 오래지 않아 자신들의 행위를 고백하고 말았다.

그날 나는 적잖이 놀랐다. 아이들이 흡연을 해서가 아니다. 고학년 아이들의 흡연 소식은 교사 생활 초기부터 하도 많이 접해서 이제는 담담하게 받아들이기 때문이다. 내가 놀랐던 이유는, 평소에 너무 착하게 생각했던 아이들이 대다수 포함되어 있었기 때문이었다. 서너 명은 몰래 숨어서 흡연을 하고도 남을 유명한 악동들이었지만, 나머지 아이들은 생활하는 동안 어떤 문제도 일으키지 않았고, 선생님 말씀 잘 듣고, 친구 관계 좋은, 말 그대로 '착한' 아이들이었다.

특히 여자 아이 한 명은 '완벽하다'는 표현이 어울릴 정도로 내가 믿었던 아이로, 착한 여자 아이 그룹들 중에서도 가장 상위 그룹에 속했다. 그런데 그 아이가 실제로는 5학년 때부터 정기적으로 흡연을 해왔다는 것이다. 그것도 담임선생님께 여러 차례 걸려서 다시는 담배를 피우지 않기로 약속에 약속을 거듭해왔다는 것이다. 나는 그날 하루 종일 온몸에 힘이 쫙 빠지면서 저 끝없는 심연의 나락으로 자꾸만 빠져드는 것 같았다. 마치 배신당한 것만 같은 기분이 들었다.

며칠 뒤 5학년 연구실에서도 비슷한 장면이 연출되고 있었다.

남자 아이 두 명이 깊이 반성하는 얼굴로 앉아 있었고, 그 바로 옆에는 어머님 두 분이 어이가 없다는 표정으로 앉아 계셨다. 역시 흡연을 하다가 적발된 아이들이었는데, 둘 다 내가 2년 동안 거의 매일같이 보아왔던 아이들이었다. 다른 것은 몰라도 흡연을 할 것이라고는 상상도 못 한 아이들이었다. 장난이 좀 심한 면이 있을 뿐 둘 다 너무 착하고, 순수하고, 명랑했으니까. 두 분 어머님도 나와 같은 생각이었는지 전혀 믿기지 않는다는 표정이었다.

"우리 아이가 얼마나 착한데요. 집에서 얼마나 얌전하고, 엄마 말을 잘 듣는데요……. 그런데 담배를 피웠다니, 그것도 여러 차례 나. 정말 어디 텔레비전 뉴스에서나 보던 일이 저한테 벌어지다 니……." 하면서 차마 말을 잇지 못하셨다.

이 사건들을 겪은 후 나는 진지하게 자문해보았다.

"나는 과연 아이들에 대해 얼마나 제대로 알고 있는가?"

나는 누구보다 아이들에 대해 잘 알고 있다고 생각했다. 특히 피노키오 상담실을 운영하면서부터는 더욱 그랬다. 아이들이 거의 매일 엄마에게도 말하지 않는 고민거리를 들고 나를 찾아왔으니까. 그런데 나는 단지 착각을 하고 있었던 것 같다.

이 두 경우는 담임선생님과 부모님께 알려졌기 때문에 내가 나설 일이 없었다. 하지만 나 역시 흡연을 한 아이들을 적발한 경험이 있고, 그중 상당수를 흡연으로부터 멀어지게 만든 적이 있다. 그때 나는 미국흡연방지협회에서 만든 포스터를 보여주는 방법을 애용했다. 포스터에는 담배를 피우지 않는 사람의 뇌와 담배를 피우는 사람의 뇌 사진이 실려 있었는데, 담배를 피우지 않는 사람의 뇌는 주름이 예쁘게 잘 잡혀 있지만, 담배를 피우는 사람의 뇌는 보기에도 끔찍할 정도로 구멍이 숭숭 뚫려 있었다. 이 비교 사진을 보여주면 대다수의 아이들은 얼굴이 하얗게 변하면서 절대 담배를 피우지 않겠다는 강력한 의지를 갖곤 했다.

3부 피노키오의 길어진 코를
줄이는 방법

 가정에서 마음이 담긴 대화하기

앞서 나는 부모님들이 잘 모르실 요즘 아이들의 어두운 면에 대해 이야기했다. 그렇다면 우리 아이들은 어쩌다가 이렇게 되었을까? 여러 가지 이유가 있겠지만 크게 세 가지로 요약할 수 있을 것이다. 첫째는 대화가 실종된 가정 문화, 둘째는 아이들에게 무관심한 사회 시스템, 셋째는 아이들에게 도움이 되지 않는 교육 환경

이 아이들을 이렇게 만들었다고 단언해도 과언이 아니다.

아이를 올바른 길로 이끌 수 있는 가장 좋은 방법, 아이의 문제를 사전에 발견하고, 해결할 수 있는 가장 현명한 방법은 뭐니 뭐니 해도 대화다. 나는 대화를 작은 램프 같은 것이라고 생각한다. 두 사람이 아무리 깊은 어둠 속에 갇혀 있더라도 밝게 타오르는 작은 램프만 있다면 어디든 손을 잡고 함께 걸어갈 수 있다. 마찬가지로 부모와 아이 사이에 세대 차이를 비롯해서 서로를 이해할 수 없게 만드는 것들이 무수히 포진하고 있다고 해도, 대화만 할 수 있다면 그 모든 차이점을 얼마든지 극복할 수 있다. 소리치지 않고, 화내지 않고, 벌 주지 않고, 때리지 않고서도 얼마든지 아이를 부모가 옳다고 생각하는 길로 이끌 수 있다.

하지만 각종 시민단체에서 발표하는 자료들을 살펴보면 가정에서 대화가 거의 실종된 것처럼 보인다. 나도 몇 년째 부모님과 아이들이 얼마나 자주 대화를 나누는가에 대해 조사하고 있는데, 대부분의 아이들은 언제나 한목소리로 이렇게 대답하고 있다.

"부모님과 대화를 나누어본 기억이 거의 없어요. 물론 지금도 전혀 대화를 나누고 있지 않아요."

현실이 이러니 아이들이 빗나갈 수밖에 없다.

나는 부모님들께 매일 삼십 분 이상 아이와 대화하는 시간을 가질 것을 권하고 싶다. 단, 대화의 주인공은 부모가 아니고 아이가 되어야 한다. 예를 들어 아이의 말을 잘 들어주다가 자신도 모르게 아이의 말을 자른 후 하고 싶은 말을 한 경험이 있을 것인데, 이런 경우가 바로 대화의 주인공을 부모로 만드는 대표적인 사례다. 아이들은 이런 일을 몇 차례 당하고 나면 더 이상 부모와 대화할 의욕을 잃는다. 그러므로 이런 습관을 갖고 있는 부모라면 자녀와의 대화 방법을 가르쳐주는 책을 읽거나 자녀와의 대화법을 가르쳐주는 세미나 등에 참가해서 자신이 먼저 노력할 것을 권하고 싶다.

아이와 어떻게 이야기를 시작해야 할지 모른다면 "오늘 학교에서 무슨 일이 있었니?" 하는 식의 질문을 던져서 대화의 물꼬를 튼 뒤에 아이가 대답하면 "어머, 그런 일이 있었니?", "그래서 어떻게 됐는데?" 하는 식으로 맞장구를 치는 대화 방법을 권하고 싶다. 그러면 아이가 학교에서 있었던 일을 종알종알 털어놓을 것이다. 만약 이런 부모님의 반응에도 아이가 아무런 대답을 하지 않는다면, 그것은 무언가 다른 이유가 있기 때문이다. 학교에서 기분 상한 일이 있어서 누구와도 대화하고 싶은 마음이 없거나 심신이 피로해서 쉬고 싶은 마음만 가득한 경우가 일반적이다. 물론 이럴 때는 대개 아이의 얼굴에 그 마음이 드러나지만 사춘기에 들어선

고학년 아이들은 속마음을 잘 드러내지 않기 때문에 부모들이 관심 있게 지켜봐야 한다.

아이가 기분이 상한 채로 돌아온 날에는 굳이 대화를 시도할 필요가 없고, 그냥 어깨를 다독거려준다거나 끌어안아주는 것이 더 좋다. 물론 이렇게 해도 아이가 굳은 얼굴을 풀지 않고 자기 방으로 터벅터벅 걸어 들어가 문을 잠글 수 있지만 그렇다고 화를 내면 안 된다. 속상해할 필요도 없다. 그것 역시 대화니까. 아이가 "제가 지금 너무 힘들어서 말할 힘조차도 없어요."라고 말하면, 부모는 "그런 너의 마음 다 이해해. 그리고 네가 이겨낼 거라는 사실도 잘 알고 있으니 그때까지 기다릴게."라고 답하며 주의를 잠시 다른 곳으로 돌리는 지혜가 필요하다. 그렇게 시간을 보내다보면 아이가 방문을 열고 나타나서 자신의 행동을 사과할 것이다. 그때도 부모는 아무 말 없이 아이의 어깨를 따뜻하게 감싸안아주면 된다. 당장 "학교에서 무슨 일이 있었니?"라고 묻고 싶겠지만 그것은 한참 후에 할 일이다.

아이를 대화의 주인공으로 삼아 매일 삼십 분 정도 대화하는 습관을 한 달 이상 지속하면, 대부분의 아이들은 자신의 속마음을 죄다 털어놓는다. 하지만 "공부 때문에 죽고 싶다."거나 "음란물을 보았다." 같은 말은 끝까지 하지 않을지도 모른다. 이런 깊은 속마음까지 들여다보고 싶다면 아이로 하여금 스스로 고백하게 만드는 지혜가 필요하다. 이를테면 "엄마도 학교 다닐 때 공부 때문에 죽고 싶다는 생각을 한 적이 있는데 넌 어떠니?"라고 묻는다거나 "아빠도 사춘기 때 호기심에 음란물을 접한 적이 여러 번 있다던데 어떻게 생각하니?"라는 질문을 하여 아이가 마음을 열 수 있는 분위기를 만들어주는 것이다. 만일 엄마나 아빠에게 이런 경험이 없어 어떻게 해야 할지 모르겠다면, 아이들의 학업 스트레스나 음란물 접촉 경험에 관해 보도된 신문 기사를 인용해서 묻는 방법도 좋다.

이렇게 해서 아이가 속마음을 모두 털어놓았고, 그게 부정적인 것이라면 그 후에는 어떻게 대처해야 할 것인지를 생각해보아야 한다. 그저 더욱 아이의 마음을 이해해주고, 인정해주고, 받아주어야 할 뿐 그 이외에 특별한 방법은 없다. 다만 서두르지 말고 그렇게 조금씩 아이에게 긍정적으로 접근하면 아이들은 오래지 않아 스스로 변한다.

초등학교 5학년 이상의 자녀를 둔 부모님들이 흔히 하는 말씀이 있다. 4학년 때까지는 그나마 대화가 가능했는데, 5학년 들어와서는 사춘기 때문인지 아이가 부모와 대화를 잘 하지 않으려고 하고 심지어는 의도적으로 대화를 거부하기까지 한다는 것이다. 물

론 사춘기의 영향도 있을 것이다. 요즘의 초등학교 5학년 이상 아이들은 신체적으로나 정서적으로나 옛날의 중학교 2학년 이상이니까.

　　그러나 생각해보면 사람은 불안하고 힘이 들수록 누군가에게 속마음을 털어놓고 싶어진다. 그것도 자기가 믿고 따르는 사람에게 더욱 그렇게 하고 싶어진다. 우리 아이들도 사춘기일수록 더욱 부모와의 진실한 대화를 갈망하고 있을 텐데, 왜 현실은 반대로 나타나는 걸까? 아이들의 말을 들어보면 그 이유를 알 수 있다. "어차피 부모님이 내 말을 들어주지도 않을 텐데 뭐 하러 내 이야기를 털어놓느냐? 고민 해결 방법을 가르쳐주지는 못해도 친구한테 말하는 게 훨씬 낫다. 친구는 최소한 들어주기는 하니까." 우리 아이들은 이렇게 말하고 있다.

이것은 아마도 아이들이 생각하는 대화의 개념과 부모님들이 생각하는 대화의 개념이 많이 다르기 때문일 것이다. 아이들은 아무리 엉뚱하고 이상한 내용이라도 자신의 말에 진심으로 동감하면서 들어주고 지지해주는 사람과 이야기를 나누는 것을 대화라고 생각한다. 하지만 부모님들은 아이의 마음속 깊은 곳에 감춰져 있는 무엇인가를 발견해내는 것을 대화라고 생각한다. 쉽게 말해서 아이들은 부모와 있는 그대로의 자기 자신을 나누고 싶어하는데, 부모는 아이를 보다 더 잘 알고 싶어하는 것이다.

물론 나의 주장을 인정하지 않으실 부모님도 많을 것이다. "나는 나름대로 아이의 눈높이에서 대화를 나누기 위해 최선을 다했지만, 아이가 마음을 열지 않았다."라고 말씀하실 부모님들 말이다.

그러나 과연 대화의 중심을 나보다 아이에게 두었는지, 아이의 입장에서 볼 때도 아이와 있는 그대로 마음을 나누고 싶어했는지 다시 한 번 냉정하게 생각해볼 필요가 있다.

아이와 진솔한 대화를 나누기 위해서는 부모가 먼저 노력해야 한다. 책이나 강좌를 통해 아이와의 대화 방법을 배우고, 거기서 배운 내용들을 가정에서 진지하게 실천하면, 오래지 않아 자녀가 이야기하고 싶다며 매달리는 상황을 경험할 수 있을 것이다. 분명히 매일매일 그렇게 될 것이다.

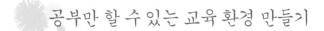 공부만 할 수 있는 교육 환경 만들기

대한민국은 정말 지독한 교육 후진국이다. 난 학교에서 그 사실을 매일 뼈저리게 느낀다.

알다시피 지구 온난화로 인해 요즘 여름은 5월부터 시작하지만 초등학교 교실은 4월 중순부터 여름이다. 딱 15명 정도가 생활하면 좋을 작은 교실에 40여 명이 넘는 아이들이 하루 종일 북적대기 때문이다. 실제로 4월 중순이 되면 아이들의 코와 턱에 땀방울

이 살짝 맺히고, 6월부터는 말 그대로 교실은 찜질방 수준이 된다. 아이들의 얼굴에서도, 선생님의 얼굴에서도 땀방울이 줄줄 흐른다. 그래서 나는 아이들에게 언제든지 갈아입을 수 있도록 속옷 상의를 한 벌 더 가져오라고 한다. 점심시간이 끝날 때쯤이면 땀에 푹 절여지는 속옷 상의가 위생상 좋지 않다고 생각하기 때문이다.

초등학교 교실에는 에어컨이 없고, 보통 천장에 매달린 선풍기 네 대가 덜덜거리며 돌아간다. 그것도 대부분 1995년도에 제조된 선풍기들이다. 물론 에어컨을 갖춘 학교들도 좀 있긴 하지만, 전기세 아낀다고 안 켜는 일이 다반사다. 실제로 내가 아는 몇 개 학교는 몇 년 전부터 학교 전체에 시스템 에어컨을 설치했으나 거의 작동하지 않는다. 선생님들의 말에 따르면, 교장 선생님이 전기세 많이 나온다고 켜지 말라고 지시했기 때문이라고 한다.

물론 연구실, 교무실, 행정실, 교장실, 교육청, 교육인적자원부 등 아이들 때문에 먹고 사는 어른들의 공간에서는 에어컨이 아주 시원하게 돌아간다. 다행인지 불행인지 모르겠지만 평교사들의 공간인 연구실에 설치되어 있는 에어컨은 고물상에 갖다주면 딱 좋을 사양의 에어컨이 대부분이다. 작년에 내가 속했던 학년의 연구실 에어컨은 바람 자체가 거의 나오지 않아서 그냥 부채질을 열심히 해야 했다.

동사무소에도, 우체국에도, 만화 가게에도, PC방에도 괜찮은 사양의 에어컨이 설치돼서 하루 종일 시원하게 돌아가는데 왜 초등학교 교실에는 에어컨이 없는지, 에어컨을 설치하고도 왜 켜지 않는지 이해할 수가 없다. 난 이게 바로 우리 사회가 초등학교 아이들을 어떻게 대하고 있는지를 보여주는 단적인 예라고 생각한다. 상황이 이러한데 수업이 끝나면 시원한 PC방에 달려가 게임에 열중하는 아이들에게 어떻게 학교에 남아 공부를 더 하라고 말할 수 있겠는가?

이뿐만이 아니다. 툭하면 식중독 사고가 일어나는 급식을 비롯해서 넘어지면 다치기 쉬운 교실 바닥이며 복도 바닥, 정수기나 화장실의 위생 상태 등 모든 학교 시설은 하나하나 따져보면 거의 대부분 빵점 수준이다. 나는 이렇게 몰상식한 대접을 받고 살면서도 군말 없이 열심히 학교를 다니는 아이들이 대견하다고 생각한다.

작년에 한 아이가 자동차 사고로 숨지는 참으로 가슴 아픈 일이 있었다. 학교 근처에서 일어난 사고가 아니라 아이 집 근처에서 일어난 사고였는데, 그 사고 이후 나는 학교 주변에서도 차 사고가 일어날까봐 무척 걱정스러웠다. 그래서 그때부터 학교 주변을 샅샅이 조사했다. 학교 동쪽에는 신호등이 두 대나 설치되어 있었고,

아이들의 통행이 그리 많지 않아 그나마 사정이 나았다. 하지만 우
리 학교 아이들의 70% 이상이 서쪽에 위치한 두 개의 교문으로 통

학하는데, 그쪽에는 둘 다 신호등이 없었다. 게다가 도로는 급경사를 이루고 있어 여태까지 사고가 나지 않은 게 신기할 정도였다.

난 문제의 심각성을 깨닫고 담당 선생님께 신호등을 설치해야 하지 않느냐고 물었다. 그러자 담당 선생님은 녹색어머니회가 작년에 스쿨존을 설치한 적이 있다며 녹색어머니회 회장님과 이야기해보라고 했다. 그래서 녹색어머니회 회장님을 만나긴 했지만, 녹색어머니회 회장님이 학교 앞에 신호등을 설치할 수 있는 권한을 가진 게 아니기 때문에 서로 간에 할 얘기가 별로 없었다.

녹색어머니회 회장님은 작년에도 6개월 넘게 경찰서 담당 부서와 협상을 벌였지만 고작 안전 시설물 몇 개를 설치하는 수준에서 끝났다며, 그것도 다른 세 학교와 치열한 경쟁을 벌인 끝에 그렇게 되었다고 덧붙이면서 학교 앞 신호등 설치는 어려울 것이라고 말씀하셨다. 그리고 며칠 뒤, 나는 왜 학교 일에 학부모를 끌어들이냐는 이유로 교감 선생님의 호출을 받았다. 난 머리가 아파졌다.

이 글을 읽고 우리 학교로 항의 전화를 하실 수도 있는 열정적인(?) 독자님들을 위해 덧붙이자면, 당시 교감 선생님은 현재 우리 학교에 없다. 지금 계신 두 분 교감 선생님은 올해 새로 부임한 분들이다. 노파심에 한 마디 더 덧붙인다면, 이 책에 나오는 우리 학교의 부정적인 사례들을 접하고 우리 학교로 항의 전화를 하는 열정(?)은 자제해주셨으면 한다. 아래에 나오는 행정기관의 부정적인 사례 역시 마찬가지다. 이는 한 학교, 한 행정기관만의 문제가 아니기 때문이다.

그리고 한 개인의 단순한 항의로는 변화를 이루어내기가 거의 불가능하다. 행정기관 종사자들은 매일 많은 민원인들로부터 항의 전화를 받지만, 전화를 받는 수준에서 끝나는 경우가 보통이다. 이 사람들을 움직일 수 있는 것은 아주 많은 민원인의 조직적이고도 지속적인 의사 전달이다.

먼저 독자님 주변 지역의 학교와 행정기관이 학교 앞 교통안전 문제를 어떻게 다루고 있는지 알아보라. 그리고 민원 서비스 수혜자의 입장에서 적절한 서비스가 이루어지고 있지 않다는 사실을 확인하게 되면 지역 주민들에게 그 사실을 강력하게 알려라. 그리고 개선해야 할 사항을 서면으로 작성해서 제출하라. 또 할 수 있는 한 많은 지역 주민을 동원해서 행정기관의 장에게 지속적으로 요구 사항을 전달하라. 이렇게 하면 보다 신속하게 변화를 만들어 낼 수 있을 것이다.

한편으로 전후 사정을 들어보면 교감 선생님의 말에도 일리가 있다. 교감 선생님과 교장 선생님의 말에 따르면 그동안 학교는 경찰서 담당 부서에 학교 주변 교통안전 시설을 보다 강화해서 설치해줄 것을 공문을 통해 여러 차례 요청했기 때문이다. 하지만 강제성이 없기 때문에 번번이 공문을 발송하는 수준에서 끝나곤 했다고 한다. 그러니 학교가 더 이상 무엇을 할 수 있겠는가. 교감 선생님이 한 말의 진의는 일개 교사가 나서봤자 신호등 설치는 되지도 않고 학교만 소란해질 뿐이니 참아달라는 것이었다.

결국 교감 선생님 말씀이 맞았다. 내가 나서봤지만 신호등 설치는 되지 않았고 나는 바보 취급을 당했다. 나는 경찰서 담당 부서와 시청 담당 부서 사이에서 탁구공이 되었다. 경찰서에 전화하면 시청에 알아보라고 하고, 시청에 전화하면 경찰서 담당이니 그쪽으로 전화해보라는 식이었다. 여러 차례의 전화 통화 끝에 학교 앞 신호등 설치를 담당하는 곳이 경찰서임을 확인한 뒤 담당자에게 아이의 사망 사고를 자세히 설명하며 신호등 설치를 위해서 내가 어떻게 했으면 좋겠는지, 신호등을 설치할 수 있겠는지 물어보았다. 그랬더니 담당자는 이렇게 대답했다.

"선생님이 뭘 모르셔서 그러는데, 학교 앞에 신호등이 설치되면 더 나쁩니다. 그 사실을 알기나 하십니까? 좀 제대로 알고 말하세요. 그리고 그 학교에는 경보등이 설치되어 있는데 신호등을 또 뭣 하러 설치합니까?"

그러고는 전화를 찰칵 하고 끊어버렸다. 교감 선생님께 자초

지종을 설명하고, 경보등이 아이들의 통행량이 적은 교문에만 설치되어 있고, 통행량이 가장 많은 교문에는 설치되어 있지 않은 사실을 확인하고 다시 전화 통화를 시도했더니 담당자가 하는 말.

"네, 그러면 설치해야죠."

하지만 아직까지 경보등은 설치되지 않았고, 그 뒤로 경찰서에 여러 번 전화를 걸어보았지만 담당자와 통화가 되지 않았다.

나는 이 사례가 우리나라가 아이들을 어떻게 대하고 있는지를 보여주는 전형이라고 생각한다. 아이들에게 학교와 경찰서는 나라를 대표하는 기관인데, 이 두 기관이 아이들의 생명이 왔다 갔다 하는 학교 앞 교통안전 문제에 두 손을 거의 놓고 있다면 이런 나라에서 아이들이 어떻게 정상적으로 자랄 수 있겠는가?

우리 사회와 우리나라 행정기관은 정말 제대로 변해야 한다. 그리고 교사와 학부모 모두가 학교를 내 집처럼 생각하고 돌보는 주인의식을 가져야 한다. 혹시 교장, 교감 선생님이나 교육청에 좋지 않게 보일까봐, 혹은 내 아이에게 피해가 올까봐 방관자의 입장을 취한다면 무엇도 변화시킬 수 없다. 교사와 학부모 모두가 주인의식을 갖지 않으면 그 피해는 앞으로도 계속 아이들의 몫이 될 것이다. 이 현실을 하루라도 빨리 변화시켜야 한다.

4부

제페토 할아버지처럼
살아가기

가시 돋힌 아이들을 바로잡는 긍정의 한마디

나는 매일 아침마다 아이들에게 긍정적인 말을 쓰겠다고 다짐한다.

철형이는 소수점도 제대로 못 찍는 아이였다. 그런데 내가 "넌 예비 우등생이야. 너도 수학 100점 맞을 수 있어!"라고 넉 달 동안 지속적으로 말해주자 학기말 고사에서 수학 90점을 맞았다.

현수는 정서 불안 증세를 보이는 아이였다. 현수는 맑은 날씨를 견디지 못했는데, 화창한 날이면 하루 종일 책상 위에 엎드려서 '머리가 아프다.'는 말만 했다. 대신 날이 우중충하거나 흐린 날이면 눈을 반짝이면서 돌아다녔다. 3월 한 달 동안 현수는 맨 뒷자리에 앉아서 그렇게 생활했다. 수업 시간에 책 한 번 펼치지 않았고, 내 얼굴 한 번 쳐다보는 일이 없었다. 내가 옆에 가서 말을 걸라치면 책상에 얼굴을 후다닥 파묻고 세차게 도리질을 하는 아이였다.

하지만 나는 현수에게 정서 불안 증세가 있다고 믿지 않았다. 오히려 나는 현수에게 남다른 독특한 예술적 재능이 있다고 믿었다. 본래 예술적 재능이 있는 아이들은 보통 사람들이 당황스러울 정도의 독특한 성격을 갖고 있는 법이니까.

나는 먼저 아이들이 현수에게 '사이코'라고 부르는 것을 금지한 후 대신 '아트 현수'라고 부르도록 시켰다. 그리고 나부터 한 달 동안 "현수야, 너는 남다른 감성을 가진 정말 특별한 아이란다. 난 널 믿어. 넌 반드시 대단한 사람이 될 거야!"라고 말해주었다.

그러자 현수가 자리를 바꿨다. 맨 앞자리, 그것도 내 책상 바로 앞자리를 고정석으로 만든 것이다. 당연히 수업에 열성적으로 참여하기 시작했고, 현수는 더 이상 날씨의 영향을 받지 않게 되었다. 그리고 얼굴 표정이 눈에 띄게 밝아졌다.

그 후 나는 툭하면 주변 아이들과 싸우거나 여자 아이들과 힘이 약한 친구들을 괴롭히는 소위 못된 아이들에게도 '나쁜 놈들' '비겁한 놈들'이라고 말하지 않고, "아직 힘을 제어할 줄 모르는, 하지만 곧 기사도 정신을 가진 멋진 사나이로 변신할 녀석들."이라고 지속적으로 말해주었다. 그러자 그 아이들은 여자 아이들과 약한 친구들 괴롭히는 일을 멈추고 오히려 보호하려는 아이들로 변했다.

또 매사에 양보할 줄을 몰라 반 아이들로부터 지탄을 받는 아이에게도 "넌 왜 그리 이기적이니? 너 학교생활 제대로 하려면 너

만 생각하는 못된 심보, 반드시 고쳐야 해!"라고 말하는 대신 "너도 친구들에게 먼저 양보하고 싶은데 생각처럼 잘 안 돼서 그러는 거지? 자, 마음을 가라앉히고 차분하게 행동해봐. 넌 친구들을 가장 잘 배려하는 아이가 될 수 있어!"라고 말해주자 아이가 양보심과 협동심을 발휘하기 시작했다.

교실에서 아이들을 가르치면서 나는 우리 아이들이 어른들의 믿음과 사랑의 말에 굶주려 있다는 사실을 매일 느낀다.

아이들은 보통 '삼 꾸러기'다. 잠꾸러기, 장난꾸러기, 말썽꾸러기. 하지만 어떤 아이도 꾸러기가 되고 싶어하지는 않는다. 모든 아이에게는 꾸러기 수준을 벗어나고 싶은 간절한 욕구가 있다. 현실에서 왕자가 되고 싶어하고, 공주가 되고 싶어하고, 신사와 숙녀가 되고 싶어한다. 모범생과 우등생이 되고 싶어하는 것은 기본이고, 아이들의 간절한 자기 변화 욕구는 어른들의 상상을 초월한다. 그러나 안타깝게도 자기 변화를 이루는 아이는 찾아보기 어렵고, 늘 삼 꾸러기 수준을 맴돌 뿐이다.

왜 그럴까? 여러 가지 이유가 있겠지만 가장 큰 이유는, 주변에 자기의 진심을 담아서 "지금 네 모습은 너의 진정한 모습이 아니야. 너의 진정한 모습은 네가 마음속에 품고 있는 바로 그 모습이야. 넌 그 존재로 변화할 수 있어!"라고 말해주는 어른이 한 사람도 없었기 때문이라고 생각한다. 그렇지 않다면 내가 매일 교실에서 아이들에게 던지는 믿음과 사랑의 말에 아이들이 그토록 열광적으로 반응하지는 않을 것이다.

툭하면 아래 학년 화장실로 내려가 아래 학년 아이들을 때리고 괴롭히던 아이가 넋 나간 듯한 얼굴을 하고 와서 "그러니까 선생님, 이게 저의 본모습이 아니란 말이죠? 저도 모두에게 칭찬받는 아이로 변할 수 있단 말이죠? 선생님? 맹세할 수 있어요? 진짜로? 진짜로? 그렇다고 말해줘요. 네? 네?" 하면서 매달리는 광경을 상상해보라. 그리고 이제까지 해오던 나쁜 행동들을 버리고 새로운 아이로 거듭나기 위해서 노력하는 광경을 상상해보라.

취미라고는 컴퓨터 게임밖에 없고 체육 시간에 자유 시간을 주면 곤충을 잡아서 잔인하게 분해하던 아이가 "선생님, 진짜예요? 진짜 저도 변할 수 있어요? 저 태어나서 그런 말 처음 들어보았어요!"라고 말하더니 그날부터 컴퓨터 게임 시간을 줄이고 곤충을 분해하던 버릇을 씻은 듯이 버리는 광경은 또 어떤가?

나는 말의 힘으로 ADHD 판정을 받은 아이의 증세를 눈에 띄게 완화시켜본 경험이 있다. ADHD는 '주의력 결핍 과잉 행동 장

애'를 의미하는 병으로서 학습 장애, 품행 장애, 우울증, 틱 장애, 수면 장애 등의 증세가 나타난다. 내가 만난 아이는 수업 시간에 발표자의 의견이 자신의 의견과 다르면 발광을 하는 행동을 보이곤 했는데, 선생님이 있든 없든 개의치 않고 자리에서 벌떡 일어나 제 의견을 십 분이고 이십 분이고 따발총처럼 쏘아댔다. 나는 처음에는 '녀석 좀 과격한 면이 있군.' 이렇게 생각했다.

그런데 겨울 방학 동안에 ADHD 연수를 받고 오신 교과 담당 선생님이 하는 얘기가, 그 아이의 모든 행동을 종합해볼 때 상당히 심한 수준의 ADHD 증세라는 것이었다. 그러면서 이런 말씀을 덧붙이셨다.

"자네 앞으로 그런 아이를 데리고 어떻게 수업을 진행할 건가? 그 아이의 부모님은 아이가 ADHD라는 걸 아는가? 빨리 알려서 치료를 받도록 하게. 나는 앞으로 1년 동안 그런 아이를 데리고 수업할 자네가 걱정되네."

하지만 나는 걱정하지 않았다. 그리고 그 아이의 부모님께도 알리지 않았다. '그래 봤자 아이를 병원에 데려가기밖에 더하겠는가.'라는 생각이 들었기 때문이었다. 물론 문제가 있다고 판명된 아이를 치료센터에 맡기는 것은 옳은 일이지만, 나는 요즘 부모님들의 그런 행동이 최선의 행동은 아니라고 생각한다.

멀쩡하던 아이가 느닷없이 이상한 증세를 보일 때는 그 이면에 "엄마, 아빠 날 좀 사랑해 주세요. 나에게 관심 좀 써주세요."라는 간절한 부탁이 있다. 그런데 많은 부모님들은 아이의 행동 뒤에 숨겨진 마음에는 별로 관심이 없다. 대신 어떤 책이나 자료를 통해 얻은 작은 기술적인 지식을 동원해보다가 생각처럼 안 되면 '나도 할 만큼 했어!'라고 하며 간단하게 아이를 병원에 맡겨버리기 일쑤다.

물론 진짜 심각한 증세를 보이는 아이들은 병원 치료를 받아야 할 것이다. 하지만 요즘에는 병원 치료가 아닌 가정 치료를 받아야 할 아이들까지 너무나 쉽게 병원으로 향하고 있다. 그렇게 병원으로 향하는 아이의 마음 깊은 곳에 무엇이 새겨지겠는가? 참으로 안타까운 일이 아닐 수 없다.

어쨌든 나는 교과 선생님으로부터 ADHD 판정을 받은 아이가 그런 행동을 할 때마다 "좋아, 네 의견 독특해. 아주 좋아. 듣는 사람보다는 너를 더 많이 생각하는 발표였지만 선생님은 네 의견을 존중한다."라고 말해주었다. 그러고는 성큼성큼 다가가서 녀석을 번쩍 안아들고 "어쨌든 쌤은 널 사랑해!" 하면서 세게 안아도 주고 턱수염을 부비면서 뽀뽀도 해주었다. 그때마다 아이는 나 죽는다며 손사래를 쳤지만, 행동에 점점 변화를 보이기 시작했다.

처음에는 어떤 아이의 의견이든 제 귀에 거슬리면 언어 난동을 부렸던 아이가, 점점 자신이 좋아하는 아이의 의견과 싫어하는 아이의 의견으로 나누어서 언어 난동을 부리기 시작했다. 그러더니 나중에는 싫어하는 아이가 자신의 귀에 거슬리는 의견 발표를 하면 언어 난동을 부리는 대신 귀를 틀어막는 수준으로까지 발전한 것이다. 공손한 자세로 다른 사람의 의견을 존중해서 듣는 정상적인 아이로까지는 변화시키지 못했지만, 그래도 학기 초의 수준과 비교해본다면 괄목할 만한 변화였다.

이런 아이들을 치료하는 비결은 무척 간단하다.

아이가 말을 자른다거나, 말 끝마다 대꾸를 할 때 진심으로 맞장구를 쳐주면 아이는 점점 공손해지고, 나중에는 선생님 말 한마디에 죽는 시늉까지 하는 그런 아이로 변한다.

어른에게 말을 함부로 하는 아이들의 마음속에는 이런 생각이 담겨 있다.

"오죽하면 제가 당신께 이러겠어요? 저한테 관심 좀 가져주세요. 네? 제발요!"

하지만 대부분의 어른들은 아이의 마음을 이해해보려고 하기보다 즉각적인 반응을 하게 마련이다.

"너 이놈, 어른한테 말버릇이 그게 뭐야?"

"너 입 다물어. 지금 어른이 말하고 있잖아!"

한마디로 "너는 너고 나는 나다. 나는 너한테 관심 없다. 나는 네가 나한테 지켜야 할 예절에만 관심이 있다."라는, 아이 입장에서 보면 끔찍하기 이를 데 없는 의사 표시를 한 셈이다. 그리고 실제로도 아이의 마음 세계에는 관심이 없는 경우가 대부분이니 아이에게 변화가 있을 리 만무하다.

아이들은 바보가 아니다. 웬만한 예절 상식은 어른들만큼 알고 있고, 예절을 지키는 것 역시 웬만한 어른들보다 더 잘한다. 그러니 이런 경우 아이에게 감정적으로 대하지 말고, "좋다, 네 의견을 존중한다." 이 한마디만 해주는 것이 좋다. 그러면 아이들은 이 한마디 속에서 우리 어른들이 꼭 하고 싶었던 말들을 전부 찾아낼 것이다. 그것도 감동까지 하면서 말이다.

아이들의 마음보다 자신의 마음을 먼저 다스리기

교사들은 학교에서 적게는 80개 이상, 많게는 수천 개의 눈동자 앞에 그대로 노출된 삶을 살아가는 사람들이다. 좋든 나쁘든 가식적인 삶을 살아갈 수밖에 없는 게 교사인 것이다. 특히 요즘같이 인터넷과 휴대전화가 발달한 시대에는 생각 없이 내뱉은 말 한마디, 순간적인 감정을 이기지 못하고 한 행동 하나로 인해 사표를 내야 하는 상황이 발생할 수도 있고, 사회적인 매장까지 당하는 상황이 발생할 수도 있다.

대부분의 교사들은 이런 사실을 잘 알고 있기 때문에 아이들 앞에서 조심하고 또 조심한다. 심지어는 아이들 앞에서 사는 하루하루가 살얼음판을 걷는 심정이라고 고백하는 교사들도 상당수에 이르는 것이 현실이다. 한마디로 오늘날의 교사들에게 아이들의 눈동자는 단순한 눈동자가 아니라 교사의 말과 행동을 감시하는 일종의 서치라이트인 셈이다.

많은 교사들이 아이들 앞에서 실수하지 않으려고 안간힘을 쓰고 있고, 또 아이들 앞에서 완벽한 교사의 역할을 연기해내기 위해서 애쓰고 있다. 그런데 안타깝게도 대부분의 아이들은 교사가 그런 노력을 하면 할수록 뭐라고 탁 꼬집어 말할 수 없는 부조화를 느낀다. 선생님이 지금 교육을 하고 있는 게 아니라 교육을 연출하고 있다는 사실을 그 위대한 영혼으로 날카롭게 감지해내는 것이다.

학교에서 보내는 거의 모든 하루가 이렇게 돌아가니 아이들의 삶에 변화가 있을 리 만무하다. 교사의 입에서 나오는 모든 바람직한 교훈들은 아이들의 마음을 변화시키는 메시지가 되지 못하고 아이들의 머리를 아프게 하는 잔소리로 전락하고 만다. 안타깝게도 이것이 오늘날 우리나라 대부분의 교실에서 벌어지고 있는 현실이다.

하지만 아이들 앞에서 자유로움을 느끼는 교사들도 있다. 아이들 앞에 있으면 마음이 한없이 편안해진다고 말하는 교사들은 아이들의 눈동자를 서치라이트라고 생각하지 않고, 영혼과 마음을 밝게 비춰주는 아름다운 별빛으로 생각한다.

만일 내가 아이들 앞에서 뭔가 본보기가 되어야 한다는 강박관념을 가지고 살았다면, 아이들에게 배우려고 하는 대신 아이들을 가르쳐야 한다는 고정관념에 사로잡혀 있었다면, 나 역시 아이들의 눈을 별이 아닌 서치라이트로 보았을 것이다. 하지만 다행스럽게도 나는 완벽한 교사가 되는 대신 인간적인 교사가 되는 것을 목표로 삼았고, 그 결과 아이들 앞에서 대단히 자유스럽고, 편안하고, 즐거운 감정을 가질 수 있게 되었다. 그리고 아이들에게 산소

리 대신 메시지를 던져주는 교사가 될 수 있었다.

　나는 내가 가지고 있는 인간적인 결점들, 교육적 실수들, 실패들을 매우 소중하게 생각한다. 그것들은 나를 괴롭히는 무엇이 아니라 나를 인간답게 만들어주는 무엇이라는 것을 잘 알고 있기 때문이다.

　나는 이 책을 통해 나의 교육 성공 사례들을 장황하게 늘어놓고 있다. 하지만 나는 교육의 성공자가 아니다. 솔직하게 말하면 나는 99% 실패하면서 어쩌다 얻게 된 1%의 성공 사례를 이 책에서 밝히고 있을 뿐이다. 난 올해 8년 차 교사로 그동안 직간접적으로 수천 명에 달하는 아이들을 가르쳤는데, 내가 뭔가를 해냈노라고 내세울 수 있는 아이들은 극소수에 불과하다. 내가 책에 나의 성공 사례를 인상적인 문장으로 포장해서 밝히고 있는 것은, 소 뒷걸음치다가 쥐 밟은 격으로 생겨난 나의 성공 사례들이 만의 하나 독자 여러분께 도움이 될 수도 있다고 생각하기 때문이다.

　나는 이제껏 나의 결점이나 실패와는 전혀 상관없이 매우 즐겁고 기쁘게 학교생활을 해왔다. 얼굴이 두꺼워서가 아니고, 이렇게 생활하는 게 아이들의 교육에 도움이 된다는 것을 경험으로 깨달았기 때문이다.

나도 한때는 나의 완벽하지 못한 부분들로 인해 많은 스트레스를 받았다. 나는 머릿속에 항상 '왜 나는 이렇게밖에 못하는 거야?', '이런 나를 보고 아이들이 뭘 배우겠어?' 같은 의문문을 담고 살았는데, 이런 생각은 역효과만 발생했다. 아이들은 자신들을 어두운 얼굴로 대하는 나를 싫어했다. 선생님을 싫어하니 수업 시간 집중도가 떨어졌고, 생활 지도도 엉망이 되었다.

하지만 내 안에서 부정적인 생각들을 휴지통 비우듯이 싹 비우고 '뭐야, 아이들 앞에서 어제보다 한 번 더 미소 지었잖아! 역시 나는 하루하루 발전하는 참 좋은 교사야!', '어제는 1분단 아이들만 머리를 쓰다듬어주었는데, 오늘은 2분단 첫째 줄까지 쓰다듬어주었잖아. 역시…… 난 대단해!' 이런 긍정적인 생각으로 채우기 시작하자 학교생활이 기쁘고 즐거워지기 시작했다. 그러자 재미있는 일이 벌어졌다. 아이들이 나를 좋아하기 시작했고, 내 말을 능동적으로 받아들이기 시작했다.

내가 머릿속에 부정적인 감정을 불러일으키는 의문문을 담고 살 때는 아이들이 나를 무서워했다. 복도에서 마주칠 때면 고개를 푹 숙이고 자세를 고치는 시늉을 하면서 내 옆을 쏜살같이 지나갔고, 어쩌다가 운동장이나 학교 밖에서 마주칠 때면 화들짝 놀라면서 마치 자동 인형처럼 인사를 하고는 허겁지겁 도망가는 식이었다. 그러니 나의 교육에 힘이 있을 리 만무했다. 내가 아이들 앞에서 매일같이 하는 말들은 그저 쇠귀에 경 읽기가 될 뿐이었다.

하지만 내가 나 자신에게 긍정적인 감정을 불러일으키는 감탄문을 안겨주기 시작하자 나는 매우 편안한 마음을 갖게 되었고, 아이들도 내게 친밀감을 직접적으로 표시하기 시작했다. 생각에 잠겨 복도를 걸어가는 내 앞으로 여자 아이들이 불쑥 나타나 단체로 핑클 춤을 추고 손가락 총을 쏘아대는가 하면, 어쩌다가 운동장이나 학교 밖에서 마주치면 이젠 제발 너희들 일 좀 보라고 사정해도 저희들 직성이 풀릴 때까지 내 뒤를 졸졸 따라다닐 정도였다.

아이들이 나에게 친밀감을 느끼게 되자, 내 눈에도 아이들의 마음이 보였다. 아니 아이들이 제 마음을 보여주었다. 세상의 아름다운 것들과 깨끗한 것들을 다 모아놓은 듯한 아이들의 그 위대한 영혼의 호수를 접하고 나는 그만 할 말을 잃고 말았다. 이미 존재 자체로 완벽한 이 아이들에게 대체 내가 가르쳐야 할 것이 무엇이 있다는 말인가? 나는 아이들에게 가르칠 것이 아무것도 없는 나 자신을 발견했고, 그 발견은 나를 대단히 자유롭게 했다.

내가 아이들 앞에서 자유롭게 행동하자 아이들이 나에게서 인간을 느꼈다. 그 뒤로 아이들은 내 앞에서 더 이상 '학생'이 아닌 '인간'으로 행동했다. 그리고 놀랍게도 스스로를 변화시키기 시작했다. 스스로 학교생활에서 기쁨을 찾고, 스스로 학교생활에 의미를 부여하고, 자기 자신을 소중히 여기고, 친구들과 세상을 소중히 여기기 시작했다. 또 공부는 부모나 선생님이 아닌 자기 자신을 위해서 하는 것임을 스스로 깨달았다.

그때 나는 교육의 한 진리를 터득했다. 그것은 교육자가 아이들 안에 있는 인간을 위한 무대를 마련해주면, 아이들 안에 있는 인간은 스스로 그 무대 위로 걸어 나와서 스스로를 완벽하게 가꿔 나간다는 것이었다.

아침은 하루의 첫 단추를 꿰는 매우 중요한 시간이다. 아침을 우울하게 보내면 하루를 우울하게 보내기 쉽다. 아침을 무미건조하게 보내면 하루를 무미건조하게 보내기 쉽다. 아침을 쫓기듯 보내면 하루 내내 쫓기듯 살기 쉽다. 반대로 아침을 빛나게, 아름답게, 의미 있게, 여유 있게 보내면 하루를 빛나게, 아름답게, 의미 있게, 여유 있게 보낼 수 있다.

이 법칙은 아이 교육에도 그대로 적용된다. 나는 출석부를 체크하는 대신 아이들의 영혼을 체크하는 일로 교실의 아침을 시작한다. 그것은 아이들의 표정을 살펴본 후 좋은 표정은 황홀한 표정으로 바꿔주고, 나쁜 표정은 환한 표정으로 바꿔주는 일이다. 나는 아이들과 아침의 시간을 '화~알짝~!'이라는 단어로 시작한다. 우리는 팔을 브이 자로 접고 두 손바닥을 하늘로 향한다. 그리고 다 함께 큰소리로 '화~알짝~!'이라고 외치면서 활짝 웃는다. 처음에는 선생님을 보고 활짝 웃고 다음에는 짝꿍을 보면서 활짝 웃는다. 그 행동을 서너 차례 반복한 후 이어서 나는 묻는다.

"아침에 일어나자마자 크게 '화~알짝'을 했나요?"

"네~~~"

"화장실에서 응가하면서 신나게 '화~알짝'을 했나요?"

"네~~~"

"아침밥 먹기 전에 엄마를 보면서 기쁘게 '화~알짝'을 했나요?"

"네~~~"

"식탁 위에 놓은 밥알 친구들, 반찬 어린이들을 향해서도 '화
~알짝'을 했나요?"

"네~~~"

"등교하면서 만난 친구들, 강아지들에게도 밝게 '화~알짝'을
했나요?"

"네~~~"

아이들의 동화 같은 대답 소리가 교실을 뒤흔든다. 어른들과

다르게 밝고 맑은 마음을 가득 담아 내지르는, 아이들의 함성 소리에는 특별한 능력이 있다. 듣는 사람의 마음을 맑게 씻어주면서 유년 시절의 한 곳으로 데려가는 능력이 있다.

이렇게 아이들과 '화~알짝'으로 아침을 시작한 뒤 나는 아이들에게 '비전의 힘'과 '비전을 이룰 수 있는 방법'에 대해 짧은 강의를 한 뒤 수업을 시작한다. 그런데 종종 1교시가 끝날 때까지도 여전히 어두운 얼굴로 앉아 있는 아이를 만날 때가 있다. 그럴 때면 나는 수업을 걷어치우고 '웃음'을 주제로 강연을 시작한다. 그러고 나서 그 아이가 웃을 때까지 다시 한 번 '화~알짝~!'을 시도한다.

나는 공부를 못 가르치는 나는 용서할 수 있지만, 아이의 얼굴을 밝게 펴주지 못하는 나는 절대로 용서할 수 없다. 이렇게 아이들과 함께 가슴을 펴고 활짝 웃는 얼굴로 하루를 시작하면 모든 일이 잘 풀린다. 일단 아이들이 내 말을 정말 잘 듣고, 싱글벙글 웃으면서 시키지 않은 일까지 알아서 척척 한다.

단, '화~알짝'은 저학년들에게는 좋은 효과가 있지만, 고학년들에게는 역효과가 발생할 가능성이 높다. 만약 고학년들을 대상으로 '화~알짝'을 시도했다가는 왕따를 당할 수도 있으니 고학년 자녀를 두신 부모님께서는 유의하기 바란다.

아이들의 리더십을 좌우하는 '영향' 마인드

경섭이는 은근히 따돌림을 받는 아이였다.

경섭이는 친구들에게 과민 반응을 하는 것이 문제였는데, 친구의 사소한 불평 한마디에도 참지 못해서 소리를 지르고, 누가 자기 자리를 조금 어지럽히기라도 하면 당장에 달려가서 귀가 따가울 정도로 잔소리를 해댔다. 나는 보름에 한 번씩 짝꿍을 바꿔주었지만 경섭이와 짝꿍을 한 번 하고 나면 다들 노이로제에 걸릴 지경이었다.

경섭이 어머니는 경섭이의 비사회성에 개탄했다. 하지만 내가 보기에 경섭이 어머니가 개탄해야 할 것은 경섭이의 비사회성이 아니라 어머니 자신의 경섭이에 대한 태도였다. 경섭이 이야기라면 진저리부터 치고 보는 태도, '어떻게든 내가 아이를 고쳐보겠다.'라고 생각하지 않고 '우리 애는 도대체 왜 이럴까?'라는 식으로 일관하는 태도 같은 것들이었다. 하지만 경섭이 어머니의 태도를 변화시킬 수 있는 희망은 없어 보였다. 이미 경섭이로 인해 지칠 대로 지쳐버린, 한마디로 경섭이의 영향력에 영혼의 가장 깊은 곳까지 잠식당해버린 경섭이 어머니는 무너지기 일보 직전이었다.

그런데 다행스럽게도 나는 이미 경섭이를 치료하고 있던 중이었다. 내가 살펴본 문제의 핵심은 간단했다. '경섭이에게 영향 받지 않는다, 경섭이에게 영향을 미친다.' 이 원칙만 고수하면 간단하게 풀릴 문제였다.

나는 경섭이가 과민 반응을 보일 때 놀라지 않았고, 인상을 찌푸리거나 소리를 지르거나 화를 내지도 않았다. 다만 '자신의 감정을 이토록 자유스럽게 또 이토록 강렬하게 표현할 수 있다니, 긍정적인 방향으로 바꿔주면 이 녀석, 인물이 되겠는걸.' 이런 식으로 생각하면서 경섭이의 눈을 뚫어져라 쳐다보았다.

경섭이는 이런 나의 행동에 처음 몇 번은 시뻘게진 얼굴로 "뭐예요, 뭘 쳐다봐요!" 하면서 나를 향해 '꽥' 하고 소리를 질렀다. 그 다음 몇 번은 "에이, 또 쳐다보기 시작이네!" 하면서 눈길을 피하면서 무시했다. 그 다음 몇 번은 꽤 자신 없는 목소리로 "뭐, 뭐예요." 하면서 어쩔 줄 몰라 했다. 그 다음 몇 번은 나를 향해 두 손을 합장하고 고개를 숙이면서 "죄송합니다. 노력하겠습니다."라고 말을 했다. 그 다음 몇 번은 내 눈과 마주치자마자 손바닥으로 자기 이마를 치면서 화를 내던 행동을 중단하고 짝꿍에게 사과하고 자세를 고치고 책을 들여다보았다. 그리고 다시는 교실 안에서 과민 반응을 보이지 않게 되었다.

내가 경섭이의 과민 반응 증세를 완화시키고 마침내 치료하게 되기까지는 대략 한 학기가 걸렸다. 하지만 학기 초에는 급우들의 사소한 침범(?)도 용납하지 못해 성난 수탉처럼 달려들던 경섭이가 친구들의 침범을 웃는 얼굴로 받아들이고, 이어 자신을 농담거리로 삼는 데까지 발전해 가는 모습을 지켜보는 것은 나에게 잔잔한 행복을 가져다주었다.

이 과정에서 중요한 점이 있었다. 그것은 경섭이가 나의 치료를 받는 동안 '영향 받지 않는다, 영향을 미친다.'라는 나의 사고방식을 무의식적으로 배우고 또 실천하기 시작했다는 점이다. 경섭이는 2학기 때 임원 선거에 입후보했다가 떨어졌다. 하지만 이내 과학실험 조 리더, 교실 환경 관리 도우미, 폐휴지 수집 도우미 등을 맡아 적극적으로 활동했다. 친구들과 싸우지 않는 날이 단 하루도 없었던 1학기 때와 비교해보면 정말 놀라운 변화였다. 그렇게 경섭이는 영향 받는 존재에서 영향을 미치는 존재로 변화했다.

그러나 또 하나의 중요한 점이 있었다. 바로 경섭이의 과민 반응 증세가 집에서는 여전했다는 점이다. 경섭이의 어머니는 그 차이를 무척 궁금해했다. 학교에서는 과민 증세를 거의 보이지 않게 된 경섭이가 집에서는 왜 여전히 신경질적일까.

"원인은 다름 아닌 어머니의 성격에 있습니다. 어머님의 입에서 튀어나오는 뜨거운 불덩이를 맞고 소란을 피우지 않는다면, 경섭이는 아이가 아니라 수도승이겠죠."

그러나 나는 이 말을 차마 하지 못했다. 경섭이 어머니도 문제의 원인이 다름 아닌 바로 자신이라는 사실을 어렴풋이 눈치 채고 있는 것 같았기 때문이었다.

만일 나에게도 '이이에게 영향 빋지 않는다, 영향을 미친나.'라는 마인드가 없더라면, 나는 어떻게 했을까? 경섭이가 과민 반응을 할 때마다 오만 가지 인상을 다 쓰면서 "경섭아~", "경섭아 그만, 그만!", "너 정말 혼날래? 왜 자꾸 수업을 방해하니? 여기가 너 혼자 생활하는 곳이니?" 같은 신경질적인 반응을 보였을 것이다.

그러면 그때마다 경섭이는 억울해 미치겠다는 표정을 지으면서 고개를 푹 숙이고 입을 꽉 다물고 있다가 얼굴이 시뻘게진 채로 하교했을 것이다. 그리고 집에서는 선생님 욕을 해대면서 화를 풀었을 것이고, 다음날 아침에는 학교생활에 완전히 흥미를 잃어버린 얼굴을 하고 나타나게 되었을 것이다. 그리고 과민 반응은 더욱 심해졌을 것이다. 반 아이들은 모두 노이로제에 걸리게 되었을 것이고, 나 역시 노이로제에 걸렸을 테고, 어머니들은 전화로 "경섭이란 애가 도대체 누구야? 걔는 대체 왜 그런 거니?" 하면서 서로 불평을 늘어놓게 되었을 것이다. 그리고 경섭이는 결국 은따에서 왕따로 발전했을 것이다.

나는 한때 아이들에게 무한히 영향 받는 삶을 살았다. 그때의 삶을 나는 스위치의 삶이라고 표현하는데, 아이들이 누르는 대로 켜졌다 꺼졌다를 반복하는 바보 스위치. 그랬다. 당시의 나는 아이들이 내 말을 잘 들으면 기뻐하고 힘을 냈지만, 아이들이 말을 듣지 않으면 기분 나빠하고 화를 냈다. 그때 나는 아이들이 감정선을 누르는 대로 기뻐하다가 힘들어하는 것을 무한 반복했다. 그러고는 아이들이 집으로 돌아가면 밑도 끝도 없는 피로감에 휩싸여서 파김치처럼 늘어지곤 했다. 교사라는 사람의 삶이 이러하니 교실에서 교육이 제대로 이루어질 리가 없었다. 다른 아이를 때리는 아이를 보면 나도 그 아이를 때렸고, 다른 아이에게 소리 지르는 아이에게 소리 질렀고, 의도하지 않게 몇 아이를 따돌리는 데 앞장섰다. 아이들은 이런 나를 따라하며 무한히 영향 받는 삶을 살기 시작했다. 우리들은 반을 지옥으로 만들어가고 있었다. 많은 것, 참으로 많은 것이 나빠졌다.

그중에서도 가장 나빠진 것은 아이들의 리더십이었다. 담임의 영향을 받아 스위치적 삶을 살게 된 아이들은 서로에 대한 영향력을 급속도로 잃어갔다. 그리고 다른 반 친구들에게 영향 받는 처지로 전락했다. 학기 초에 튼튼한 결속력과 왕성한 활동을 자랑했던 우리 반 아이들의 또래 그룹은 1학기 말경에 거의 대부분 해체됐고, 아이들은 뿔뿔이 흩어져서 다른 반 아이들의 또래 그룹으로 편

입됐다. 우리 반 또래 그룹에서 리더로 활약하던 아이들은 이러지도 저러지도 못한 채 독불장군처럼 생활했다. 담임의 잘못된 영향력이 빚어낸 결과치고는 참으로 두려운 결과였다.

그 아이들을 다음 학년으로 올려 보낼 때쯤 나에게 귀한 배움의 시간이 왔다. 위인들의 전기와 리더십에 관한 책들을 하루에 두세 권씩 독파하고, 텔레비전을 없애고, 깊은 묵상의 시간을 갖는 등 나 자신의 내면을 변화시키기 위해서 최선의 노력을 기울인 날들을 보내며 나를 근본적으로 변화시켰다.

나는 이때 자신감은 내 스스로 만드는 것임을 배웠다. 그리고 내 안에는 타인과 세상에 영향을 받고 싶어서 안달하는 가짜 나와 그에 전혀 상관없이 자신만의 세계를 가지고 있는 진짜 나가 존재한다는 사실을 깨달았다. 나는 매일 아침마다 내 안의 진짜 나를 불러냈고, 그와 굳게 손을 잡은 채 종일 함께 생활했다. 그러자 내 안의 스위치가 사라지면서 나는 점점 아이들에게 영향을 미치기 시작했다.

내 말을 듣지 않는 아이, 나에게 반항하는 아이, 나에게 들릴 듯 말 듯 욕을 하는 아이, 내 앞에서 친구를 때리는 아이, 내 앞에서 친구를 따돌리는 아이를 보고서도 내 마음은 한없이 평안했다. 정말 이상하게도 감정의 동요가 전혀 없었다. 그러자 그동안 가짜 나에 의해 가려져 있던 내 마음속의 지혜가 빛을 발하기 시작했다.

나는 아이들에게 "넌 도대체 선생님 말을 왜 안 듣는 거니?", "넌 왜 친구를 못살게 구니?" 같은 아이와 나 모두를 괴롭히는, 아이를 변화시키는 근본적인 해결책은 절대로 찾을 수 없는, '왜?'라는 질문 대신에 "네가 선생님 말을 잘 듣는 아이가 되려면 선생님과 너 자신은 무엇을 해야 할까?", "친구들과 사이좋게 지내려면 선생님은 네게, 너는 네 자신과 주변 친구들을 어떻게 대해야 할까?" 같은 아이의 변화를 이끌어내는 '어떻게?'라는 질문을 던지기 시작했다.

그리고 나 자신을 향해 상습적으로 던져왔던 부정적인 질문들을 긍정적인 질문들로 바꾸었다. 예를 들면 "우리 반 아이들은 도대체 왜 친구랑 싸울까?"라는 질문 대신에 "내가 어떻게 하면 우리 반 아이들로 하여금 친구를 소중하게 여기는 아이들로 변화시킬 수 있을까?"라는 질문을, "우리 반 아이들은 왜 이렇게 공부를 안 할까?"라는 질문 대신에 "어떻게 하면 우리 반 아이들이 공부에 재미를 느낄 수 있게 할 수 있을까?"라는 질문을 나 자신에게 던졌다. 그게 전부였다.

그런데 이 변화된 질문이 변화된 답을 이끌어냈고, 변화된 행동을 이끌어냈다. 예를 들면 아이들은 "공부를 재미있게 하려면 어떻게 해야 할까?"라는 나의 질문에 이구동성으로 "공부가 재미있다고 자꾸 생각하면 돼요."라고 대답했다. 나는 "그럼 이제부터 무조건 공부가 재미있다고 생각하면서 공부하자꾸나!"라고 맞장구만 쳐주면 되었다. 그러면 아이들은 "재밌다, 재밌다!" 하면서 공부를 의도적으로 즐겁게 했다. 나중에는 누가 더 재미있다고 생각하면서 공부하는지 서로 경쟁까지 했다. 교실 분위기가 이렇게 재미있게 변하자 수업 시간에 딴 짓 하는 아이들이 순식간에 싹 사라졌고, 아이들의 집중력과 인내력은 단숨에 두 배로 껑충 뛰었다.

친구 관계와 학교생활 역시 마찬가지였다. 아이들의 질문을 고쳐주고 동시에 나의 질문을 고치면 되었다. 우리들의 머릿속에서는 우리의 변화를 이끌어내는 답이 나왔고, 답에는 힘이 있었다. 새로운 답은 우리들의 마음속에서 우리들의 일거수일투족을 마치 파수꾼처럼 지켜보면서 우리들의 잘못된 행동을 기어코 변화시켰다.

또 좋은 일이 일어났다. 아이들이 서로에게 그리고 다른 반 아이들에게 영향을 미치기 시작했다. 리더십을 발휘하기 시작한 것이다. 내가 '아이들에게 영향 받지 않는다, 영향을 미친다.'라는 원칙에 따라 생활할 때, 우리 반 아이들은 운동장에서든 복도에서든 학교 놀이터에서든 주도권을 꽉 쥐고서 반과 학년을 초월해서 수많은 아이들을 이끌고 돌아다녔다.

아이들의 내면을 바라보는 연습하기

언제부터인가 나에게는 시간을 가리지 않고 아이들을 몰입해서 바라보는 습관이 생겼다. 1번 ○○이부터 시작해서 60번 ○○이까지 아이 하나하나가 나에게 의미로 다가올 때까지 아이들을 쳐다보았다. 수업 시간엔 아이 바로 앞에 가서 아이의 두 눈을 쳐다보았고, 쉬는 시간엔 다른 모든 아이를 망각한 채 그 아이만 몰두해서 쳐다보았다. 그러면 어느 순간 내 가슴에 굵은 느낌표 하나가 선명하게 찍혔다. 말로 표현할 수 없는, 아니 말을 넘어선 어떤 깨달음. 나는 아이들 속에 있는 인간의 목소리를 들을 수 있었다.

"나를 귀하게 여겨주세요. 나를 사랑해주세요. 나는 당신과 똑같은 인격을 가진 존재랍니다."

한번 그 목소리를 듣게 되면 모든 게 풀렸다. 아이가 어떤 부정적인 언행을 해도 감정에 기초한 반응이 나타나지 않았다. 아이가 긍정적인 언행을 할 때도 아이들의 행위와 전혀 상관없이 아이들의 존재 그 자체로 아이들을 평가할 수 있게 되었다.

'교육은 가르치는 게 아니라 이끌어내는 것'이라는 격언이 있는데, 이 말의 의미를 나는 이 경험을 통해 깨달았다. 자신들이 완벽한 존재라는 것을 아이들의 존재 자체가 나에게 가르쳐주었던 것이다. 이미 완벽한 존재인 아이들에게 나는 가르칠 게 없었고,

내가 할 수 있는 일이란 그저 아이들의 완벽함을 음미하는 일뿐이었다. 그렇게 음미하고 있으면 뭔가가 느껴졌고, 뭔가 해줄 수 있는 말이 생겼다. 나는 아이들을 완벽한 존재로 인식하게 됨으로써 뭔가를 가르쳐야 한다는 압박감에서 벗어날 수 있었고, 교실에서 황금의 여백을 가질 수 있게 되었다. 그리고 나의 여백은 곧 아이들의 자유가 되었다.

지난 수천 년 동안 우리 민족은 교육이라는 말 뒤에 '실패'라는 단어를 달아본 적이 없다. 9,000번이 넘는 외침 속에서도, 나라가 둘로 갈라지는 와중에도, 오히려 나라에 큰 어려움이 있을 때마다 교육에 희망을 걸 정도로 우리 교육은 늘 성공적이었다. 나는 그 이유가 우리 조상들의 지혜에 있었다고 생각한다. 아이와의 관계 속에 황금의 여백을 둘 줄 알았던 동양의 지혜 말이다. 반면 서양의 교육은 늘 실패였다. 아이의 모든 것을 분해하고 분석하려 들었던 그들에게 유능한 교사는 있었을지언정 그림자 밟기조차 조심스러운 영혼의 스승은 없었다. 서당을 다니다가 성격 장애가 생기고 정신 이상이 되었다는 소리를 들은 적이 있는가. 그러나 서양에는 학교를 다니다가 성격 장애가 생기고 정신 이상자가 생겼다는 기록이 수없이 많다.

해방되고 서양 교육이 밀려오면서 우리 교육에는 실패라는 단

어가 따라붙기 시작했다. 교사가 될 학생들은 대학에서 아이의 영혼을 바라보는 법과 아이와의 관계 속에 황금의 여백을 두는 법을 배우는 대신에 아이의 모든 행동을 성적 욕구 불충족이라는 시각에서 바라보는 법과 아이를 평가하고 규제하는 법을 배웠다.

교육대학생들과 사범대학생들은 학교에서 아이들을 공부하는 대신에 어른들을 공부했다. 그것도 세상에서 가장 따분한 사람들인 교육학자들과 심리학자들을 말이다. 대학에서 이미 따분한 사람들이 된 그들은 교사가 되어서 더욱 따분해질 수밖에 없었다. 학교에서 보내는 시간의 상당 부분을 교육청에서 날아오는 공문 쪼가리들을 철하고 그 종이 쪼가리들에 쓰인 대로 행동하는 데 보내야 했으니까.

따분하고 지루하기 이를 데 없는 사람들이 절대 권력을 휘두르는 사회를 상상해보라. 그 사회의 구성원들은 지도층을 싫어할 수밖에 없다. 데모와 폭동을 심심찮게 일으킬 수밖에 없다. 나는 지난 우리 교육이 그토록 말도 많았고 탈도 많았던 것은 이와 같은 이유 때문이라고 생각한다.

교사가 아이들과 영혼의 관계를 맺으려면 대학에서 배운 교육이론들과 심리학 공식들을 모두 버려야 한다고 생각한다. 그리고 자신의 마음을 투명하게 만들어서 있는 그대로의 아이들을 바라볼 수 있어야 한다고 생각한다. 그렇게 해야만 현실에 기초한, 현실의 아이들에게 도움을 줄 수 있는 교육이 나온다고 나는 믿고 있다.

나는 부모님들께 먼저 마음을 비울 것을 권하고 싶다. 부모님들의 마음속은 보통 온갖 부정적인 교육 정보들로 가득 차 있다. 매스컴을 통해서 들어온 아이들이 저지른 충격적인 사건들, 자기 자신의 기준에 못 미치는 아이를 생각하면서 생긴 감정들, 부모와 아이 모두를 불안하게 만드는 각종 수험 루머 등이 그 대표적인 예라 할 수 있겠다. 마음속이 부정적인 정보들로 가득 차 있으면 아이를 부정적으로 다룰 수밖에 없다. 그것은 고함과 잔소리와 협박과 간섭과 규제와 폭행과 복종 요구다.

이를 탈피하기 위해서는 몰입해서 아이를 바라보는 습관을 가져야 한다. 산만한 시선은 아이 자체를 바라보는 것을 방해하고, 그것은 아이의 본질을 바라볼 수 없게 하고, 아이의 영혼이 외치는 소리를 듣지 못하게 한다. 부정적인 교육, 아이와 어긋나는 교육은 바로 거기서부터 비롯한다.

두 눈을 똑바로 뜨고 아이의 본질 자체를 바라보는 연습을 하라. 그런 연습은 아이의 내면을 바라보는 눈을 틔워준다. 아이의 내면에 아이는 없다. 완벽한 한 인간이 있을 뿐. 아이 안에 있는 그 완벽한 한 인간을 보게 되는 순간 세상의 모든 부모는 아이로부터 자유로워질 것이다.

변하지 못하는 아이란 없다

지금부터 내 기억 속에 인상 깊게 남아 있는 아이들을 소개하고자 한다.

첫 번째 아이는, 불량스런 고학년 형들과 어울려서 학교를 땡땡이친 초등학교 3학년 아이다.

두 번째 아이는, 작년에 이어 올해도 반에서 40등 정도를 한 초등학교 4학년 아이다.

세 번째 아이는, 성격이 너무 내성적이어서 수업 시간에 혹시나 선생님이 발표를 시키지나 않을까 하는 두려움에 덜덜 떨면서 사는 초등학교 5학년 아이다. 실제로 선생님이 한 번 발표를 시켰는데, 끝까지 입을 떼지 못해 수업 시간이 끝날 때까지 자리에서 일어서 있는 벌은 받은 경험이 있다.

네 번째 아이는, 할 줄 아는 것이라고는 장난치는 것밖에 없는 초등학교 6학년 아이다. 학교를 파하고 집에 들어오자마자 가방을 휙 던져놓고 밖에 나가서 놀기 바쁘다. 그런데 장난을 너무 심하게 치는 것이 문제였다. 한번은 친구들과 돌싸움을 하다가, 또 한번은 온몸 내던져 비탈길 구르기 놀이를 하다가 머리를 크게 다쳐 벌써 두 번이나 병원 신세를 졌다. 참고로 반 등수는 대략 50등 정도다.

다섯 번째 아이는, 밤늦도록 책상 앞에 앉아서 참고서 밑에 교묘하게 감춰둔 만화책을 읽다가 졸음을 이기지 못한 나머지 저절로 잠든 중학교 1학년 아이다.

여섯 번째 아이는, 평소에 잘난 체를 너무 심하게 해서 같은 반 급우들로부터 없애버리겠다는 협박을 받고 곤경에 처한 중학교 2학년 아이다.

일곱 번째 아이는, 전자오락에 푹 빠져 전자오락실 주인이 오락실 셔터를 내릴 때까지 자리를 지키는 습관을 가진 중학교 3학년 아이다.

여덟 번째 아이는, 집합과 명제 부분만 푼 수학 정석 책을 헌책방에 팔아 그 돈으로 만홧가게를 다닌 고등학교 1학년 아이다.

아홉 번째 아이는, 토요일 오후에 학교에서 친구들과 공부하기로 했다며 타낸 용돈으로 성인 영화를 불법으로 틀어주는 커피숍에 가서 청소년이 보지 말아야 할 장면이 마구 나오는 화면을 뚫어져라 쳐다보던 고등학교 2학년 아이다.

열 번째 아이는, 첫 야간 자율학습이 있던 날, 자율학습을 땡땡이치고 오락실에서 전자오락을 하다가 걸려서 담임선생님에게 대걸레 자루로 10대나 두들겨 맞은 고등학교 3학년 아이다.

열한 번째 아이는, 학원을 때려치우고 독서실에 들어가서 스포츠 신문과 이현세 만화 보는 일로 하루를 허비하는 재수생이다.

열두 번째 아이는, 아주 진지한 태도로 학교를 중퇴하고 산속에 들어가서 살고 싶으니 허락해 달라면서 부모 가슴을 찢는 대학교 2학년 아이다.

열세 번째 아이는, "저는요, 더 이상 살고 싶은 마음이 하나도 없어요. 왜 태어났는지 모르겠어요."라면서 울부짖는 대학교 3학년 아이다.

열네 번째 아이는, "아아, 나는 살아 있는 채로 지옥에 끌려온 사람 같구나. 아아, 죽음이 내 옆에 있구나. 나는 매일 절망과 어깨동무하며 살고 있구나."라는 자작시를 읊조리고 다니는 대학교 4학년 아이다.

열다섯 번째 아이는, "착한 사람은 늘 피해를 입고 악한 사람은 늘 승리하지. 난 선을 버리고 악을 선택할 거야. 다시는 억울한 피해를 당하고 싶지 않아. 세상 모든 사람에게 크나큰 슬픔을 가져다주는 그런 존재가 될 거야."라고 일기장에 벌써 스무 번도 넘게 쓴 스물세 살의 청년이다.

열여섯 번째 아이는, 실을 매단 종이컵 송화기를 하늘을 향해 뻗쳐 있는 소나무 가지에 끼우고는 역시 같은 실로 연결되어 있는 종이컵 수화기에다 대고 "이보세요, 이보세요, 이런 세상을 왜 만들어 놓았나요? 왜 내게 이런 고통을 안겨주나요? 왜 내게 이런 슬픔을 안겨주나요?"라며 하소연하는 스물일곱 살의 청년이다.

이 열여섯 명의 아이들을 시간 순서대로 쭉 한 줄로 세우면,
이 책을 쓰고 있는 나로 연결된다. 그렇다. 나는 공부하고는 담을
쌓고 살았던 악동 초등학생이었고, 만화책과 전자오락에 미쳐 살

던 중학생이었고, 미래가 의심스러운 고등학생이었고, 마음의 병에 걸린 대학생이었고, 고통과 눈물과 한숨에 찌들어 살던 청년이었다. 한마디로 이 책을 통해 보여지는 바른 생활의 이미지와 완벽하게 상반된 삶을 스물일곱 살 때까지 살아온 사람인 것이다.

내 삶은 스물여덟 살을 기점으로 변하기 시작했다. 밝고 긍정적인 사람으로, 웃음의 힘을 믿는 사람으로, 비전의 성취를 분명하게 믿는 사람으로, 마음의 평화가 무엇인지 아는 사람으로 변화하기 시작한 것이다.

스물여덟 살 무렵의 내 삶에 무슨 좋은 일이 생겨서 그랬던 것이 아니다. 객관적으로 따진다면 스물여덟 살의 나는 인생에서 가장 큰 심적 고통에 처해 있었던 시기였는데, 차마 지면상으로 밝히고 싶지 않은 충격적인 인생의 위기에 몰려 있었다. 그 당시 내 앞에는 미래를 가로막는 거대한 돌덩이가 예닐곱 개쯤 서 있었다.

처음에는 하나의 돌덩이조차 감당하지 못해서 매일을 울면서 살았다. 그런데 나이를 한 살 더 먹고 나자 돌덩이가 치워지기는커녕 다섯 개 정도가 더 늘어나 있었다. 시간이 지나면서 나는 더 이상 울지 않고 돌덩이들을 어깨에 짊어지고 가기로 결정했다. 그것도 활짝 웃으면서 가기로. 처음 내가 돌덩이들을 지고 갈 때는 참 힘들었다. 하지만 그 시간들을 견뎌내고 일 년 이 년 흐르자 어느 날부터인가 돌덩이들이 나를 짊어지고 가기 시작했다.

'고통은 축복이다, 시련은 선물이다.'라는 말의 의미를 나는 그때 깨달았다. 그전에는 책에서 "젊어서 고생은 사서도 한다." 같은 구절을 읽으면 저자에게 분개하곤 했던 나였다. "바로 내가 젊다. 그리고 내가 고생하고 있다. 젊어서 고생이 얼마나 서러운지 네가 아느냐? 네가 고생의 의미나 알고 이런 말을 하느냐?" 이런 식이었다. 그런데 이 말의 의미를 삶에서 몸과 마음으로 깨닫게 되자 더 이상 그런 식의 태도를 취할 수 없게 되었고, 그런 말을 하는 사람들을 존경하게 되었다.

고통은 축복이었다. 보다 구체적으로 말한다면, 고통을 끌어안을 수 있게 된 태도를 갖게 된 것이 행운이었다. 내가 웃으면서 고통을 끌어안기 시작하자 세상이 달라지기 시작했고, 세상이 나를 향해 웃어주기 시작했다. 또 나는 진실로 행복해지기 시작했다. 내가 찾은 행복은 물질적인 것이 아닌, 영혼 깊은 곳에서 우러나오는 행복이었다. 내게 주어지는 모든 것에서 오로지 좋은 점만을 찾아내는 집요한 마음의 습관, 이것이 바로 나를 진정한 행복으로 이끈 시련이 준 선물이었다.

지금까지 부족하기 이를 데 없는 나 자신의 이야기를 구구절절 했던 것은 단지 이 말이 하고 싶어서였다.

"어떤 사람이든 변할 수 있다. 아이는 물론이고 부모님 당신도."

5부

피노키오를 변화시키는
7가지 원칙

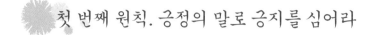
첫 번째 원칙. 긍정의 말로 긍지를 심어라

아이를 위대한 인물로 만든 엄마들의 교육 비법을 보면 공통점이 있다.

비스마르크의 어머니는 아들에게 항상 이렇게 말해주었다.

"넌 위대한 일을 하게 될 거다. 너는 무엇을 하든 세상에서 가장 잘하게 될 거다!"

하지만 놀라운 것은 비스마르크의 어머니가 아들에게 확신에 차서 이 말을 해준 삼십 년 동안 아들은 실패로 점철된 인생을 살았다는 점이다. 비스마르크는 삼십대 초반까지 술주정뱅이에 싸움질을 밥 먹듯이 하는 사람이었고, 들어가는 직장마다 적응하지 못해서 해고당했던 인물이었다.

세상으로부터 실패자라는 낙인을 얻고 하릴없이 강가를 배회하던 비스마르크의 마음을 다시 뜨겁게 달군 것은 삼십 년 동안 어머니가 해주었던 말이 문득 떠오른 순간이었다. 이때부터 비스마르크는 실패로 점철된 인생을 훌훌 털고 미래를 향한 힘찬 비상을 하기 시작했다.

"위대한 음악가의 앞길에는 항상 장애가 있기 마련이란다. 절

대로 포기하지 말고, 네가 위대한 작곡가가 되기 위해서 태어났다는 사실을 절대로 잊어버리지 말렴."

자신의 음악적 재능에 회의를 느끼고 방황하던 무명 시절의 슈베르트는 어머니의 확신에 찬 이 한마디 덕분에 다시 오선지를 붙들게 되었다.

"슬퍼하지 말렴. 학교가 너의 진가를 몰라서 그러는 것뿐이야. 하지만 엄마는 네가 특별한 재능을 가졌다는 것을, 그리고 위대한 사람이 되리라는 것을 알고 있단다. 그러니 다시 힘차게 사는 거야!"

이상한 말과 엉뚱한 행동으로 매 수업 시간을 엉망으로 만든 덕분에 선생님과 친구들로부터 "학교를 그만 나와 주었으면 좋겠다."는 말을 듣자 지옥 같은 슬픔에 잠겼던 초등학생 아인슈타인은 엄마의 이 한마디 덕분에 자신을 위대한 인물이라고 믿게 되었고 그의 두뇌가 위대한 사고를 하기 시작했다.

"일찍이 가정의 부유함이 영웅을 낳은 적은 없단다. 가난 때문에 고민할 시간에 촌음을 아껴서 위대한 인물들에 관한 책을 읽고, 그들의 사고방식과 생활 습관을 익혀라. 매일매일을 역사 속의 위인들과 영웅들처럼 살아라! 그리고 영웅이 되어라!"

부유한 파리 귀족 가문의 아들들이 다니는 초등학교로 유학을 가서 가난하고 키 작다고 놀림 받으며 살던 식민지 출신의 유학생 나폴레옹은 자신에게 영웅이 될 수 있다고 확언하는 어머니의 편지를 읽으면서 열등감을 극복했다. 그리고 이십대에 영웅이 되었다.

멘델스존은 어렸을 때부터 어머니로부터 "너는 세계적인 음악가가 되기 위해서 살아가고 있다!"는 말을 귀가 닳도록 들었다.

찰리 채플린은 어머니로부터 "엄마는 믿는다. 네가 세계인의 마음을 사로잡는 위대한 배우가 될 수 있다는 것을!"이라는 말을 귀가 닳도록 들었다.

안데르센의 어머니는 "너는 반드시 위대한 작가가 될 거야!"라는 말을 유언으로까지 남겼다.

헤르만 헤세, 조지 워싱턴, 임마누엘 칸트, 엔리코 카루소 등의 어머니는 또 어떤가? 다들 아이의 미래를 분명하게 선언해주었던 사람들이었다.

위의 어머니들에게는 다음과 같은 공통점이 있다.

첫째, 아이들은 위대하게 키웠지만 어머니 자신은 평범한 사람들이었다.

둘째, 처음부터 천재적 재능이 번뜩이거나 위인이 될 소질을 보인 아이를 둔 어머니들이 아니었다. 오히려 평범했거나 평균 이하의 취급을 받았던 아이들이었다.

셋째, 이 어머니들은 아이에게 당시의 모든 어머니로부터 선망의 대상이 되었던 최상의 교육적 혜택, 오늘날의 한국에 비유하자면 강남 8학군 수준의 사교육을 시켜주지 못했다.

한마디로 오늘날의 보통 어머니들과 전혀 다를 바가 없는 사람들이었던 것이다. 하지만 이 어머니들에게는 보통 어머니들과는 절대적으로 구별되는 한 가지가 있었으니, 그것은 바로 아이에게 위대한 미래 선언이 담긴, 마법의 말을 확신에 찬 소리로 끊임없이 해주는 습관이 있었다는 점이다.

오토타케 히로타다의 사례를 보자.

손과 발이 하나도 없이 태어난 오토를 처음 만난 자리에서 오토의 어머니가 오토에게 한 말은 놀라움의 말도, 충격의 말도, 상심의 말도, 좌절의 말도 아니었다. 그녀가 한 말은 "어머, 귀여운 우리 아기!"라는 기쁨과 감동의 말이었다.

오토는 성장하면서 우유를 잘 마시지 않았고, 잠도 잘 자지 않았지만 오토의 부모는 그런 오토를 보고 걱정이나 고민의 말을 하지 않았다. "이 녀석은 태어날 때부터 개성적이었잖아. 다른 아이들과 비교하지 말자고."라며 아이를 믿고 긍정하는 말을 했다.

이뿐만이 아니었다. 그들은 아이의 불구를 '특장(特長)', 특별히 뛰어난 장점이라고 불렀고, 아이에게 "우리는 네가 있어서 기쁘다.", "너는 우리의 가장 큰 행복이다."라고 말해주었다. 어쩌다가 한 번씩 행사적 차원에서 그렇게 말한 것이 아니라 매일매일 진심을 담아서 그렇게 말해주었는데, 아이의 능력, 외모, 행동이 아닌 아이의 존재 자체를 사랑했기 때문에 가능한 일이었다.

그 결과 아이는 다음과 같은 놀라운 존재가 되었다.

첫째, 어디를 가든지 누구를 만나든지 무리에서 리더가 되었고, 사람들의 마음을 사로잡는 사람이 되었다.

둘째, 야구와 농구 등 하고자 마음만 먹으면 어떤 운동이든지 잘 해내는 스포츠맨이 되었다.

셋째, 일본 최고의 명문 대학 중 하나인 와세다 대학생이 되었다.

넷째, 자신의 삶을 담은 책, 『오체불만족』을 출판해서 전 세계인에게 사랑과 기쁨의 힘을 알리는 위대한 메신저가 되었다.

만일 오토다케의 부모가 "아이에게 무조건 긍정의 말을 던져주라는 메시지는 참 좋지만 그게 어디 쉬운 일일까? 잠깐만 관찰해보아도 우리 아이가 다른 아이들보다 못하다는 사실이 한눈에 파악되는데, 어떻게 막무가내로 아이를 믿고 아이에게 긍정적인

말만 해줄 수 있다는 말인가?"라고 생각했다면, 오늘날 우리가 알고 있는 오토다케 히로타다라는 사람이 존재할 수 있었을까?

말에는 힘이 있다. 특히 아이에게 주는 부모의 말에는 절대적인 힘이 있다. 부모가 아이에게 주는 말에는 긍정적인 말과 부정적인 말 두 종류가 있다. 아이에게 꿈과 믿음과 희망과 도전을 안겨주는 긍정적인 말은 아이를 긍정적으로 변화시키는 반면, 규제와 제한과 좌절감과 무시당한 기분을 안겨주는 부정적인 말은 아이를 병들게 한다.

부모는 아이에게 절대적으로 긍정적인 말만 해야 한다. 무조건 믿어주고, 무조건 인정해주고, 무조건 지지해주고, 무조건 사랑으로 충만한 말을 해주어야 한다. 아이의 단점을 지적하고, 아이의 가능성을 무시하고, 아이의 실수를 비웃는 그런 부정적인 말은 부모가 아니어도 해줄 사람이 얼마든지 많이 있다. 아이들은 집 밖에서 온통 부정적인 말만 듣는데, 현명한 부모라면 이 점을 깊이 생각해보아야 한다.

물론 이런 반문이 있을 수 있을 것이다.

"말은 참 좋은데 그게 어디 쉬운 일인가요? 팔이 안으로 굽는다고 해도, 고슴도치도 제 자식은 예쁘다고 해도 어떻게 무조건 긍정적인 말만 해줄 수 있겠어요?"

이런 의심은 대한민국의 보통 학부모라면 누구나 해보았을 것이고, 어쩌면 지금 이 순간에도 하고 있는 생각일 것이다. 하지만 우리는 상식으로 인정받고 있는 이 의심이 우리 아이들의 삶에서 기적이 일어날 수 있는 기회 자체를 박탈해 왔다는 사실을 알아야 한다.

고원이는 초등학교 5학년답지 않게 대단히 의젓하고 침착한 아이다. 녀석의 행동을 보면 백마 탄 기사가 따로 없다. 여자 아이들 앞에서는 '깍듯함' 그 자체이고, 남자 아이들 앞에서는 '절도' 그 자체이다. 월요일부터 금요일까지는 단정하고 예의 바른 자세로 마치 그림 같은 학교생활을 하다가 토요일이 되면 머리에 무스를 멋지게 바르고 나타나 수업이 끝나자마자 남자 아이들과 여자 아이들을 이끌고 서울의 대형 서점이며, 놀이공원을 다녀온다. 이런 고원이를 보면 누구나 한눈에 반할 것이다.

하지만 재미있는 것은 고원이가 3학년 때까지 학교에서 매우 유명한 악동이었다는 사실이다. 여자 아이들 치마 들추기는 타의 추종을 불허했고, 친구들 필통에 죽은 곤충 몰래 집어넣기, 화장실에서 볼일 보는 친구에게 차마 말로 할 수 없는 짓궂은 장난질하기 등 악동 중에서도 일인자였다는 것이다. 그런데 4학년을 기점으로 점점 변하기 시작해서 지금은 모두가 인정하는 신사로 변했다. 고

원이가 바른 아이로 바뀌게 된 계기는 바로 엄마가 해준 믿음의 말 때문이었다.

　고원이 어머니도 고원이가 3학년 때까지는 고원이에게 내키는 대로 말을 했다. 여느 엄마와 다를 바가 없었다. 그런데 고원이가 3

학년이 되었을 무렵에 교회에서 여는 부모 강좌에 참석했다. 그리고 거기서 부모의 말이 자녀에게 끼치는 영향에 대해서 배웠다. 그 뒤로 그녀는 고원이에게 생각 없이 말하는 습관을 버렸다. 악동 고원이의 하루를 누구보다 잘 알고 있었던 그녀는 고원이에게 이렇게 해라, 저렇게 해라라고 말하지 않았다. 대신 고원이를 끌어안고 매일 이렇게 말해주었다.

"엄마는 알지요. 우리 고원이가 마법에 걸린 왕자님이라는 걸. 본래 우리 고원이는 세상에서 제일 착하고 가장 예의 바른 왕자님이죠. 그런데 마법에 걸려서 매일 반대로 행동하지요. 하지만 이제는 다시 왕자님으로 돌아갈 거예요. 엄마가 매일 이렇게 기도해주니까."

어떻게 보면 대단히 유치한 것 같지만 놀라운 사실은 고원이가 엄마의 말에 반응해서 변화되었다는 점이다.

믿음의 말은 훌륭한 아이를 만든다. 아이가 어떤 나쁜 짓을 했건 그것에 상관없이 무조건 믿어주는 말을 해주면 아이는 반드시 변한다. 비록 여태까지는 아이에게 부정적인 말을 던져주었더라도 지금부터라도 무조건적으로 아이의 가능성을 믿고 맹목적으로 긍정의 말을 안겨주자. 그러면 머지않아 그 긍정의 말이 아이의 인생에 기적을 일으키게 될 것이다.

두 번째 원칙. 교육의 기적은 아내가 사랑받는 것에서 시작한다

나는 아버지들로부터 "아버지로서 아이 교육에 도움을 주려면 어떻게 해야 하느냐?"라는 질문을 자주 받는다. 그럴 때마다 나는 예외 없이 "아내에게 잘하세요. 아내를 받들고 사랑하세요. 아내가 매일매일 꿈같은 행복에 취해 살 수 있게 만들어주세요. 그 이상 좋은 방법은 없습니다."라는 대답을 들려준다.

우리나라에서는 보통 아이 교육의 90% 이상을 엄마가 담당하는데, 아이들 역시 아빠보다는 엄마에게 교육받는 것을 좋아한다. 물론 아이 교육에 열성적으로 뛰어드는 아버지들도 많지만 아무리 잘한다고 해도 아버지들은 서툴다. 그것도 아주 심하게 서툴다. 또 내가 조사한 바에 따르면 아이들은 아버지가 나서는 것을 별로 좋아하지 않았고, 가장답게 그저 묵묵히 지켜봐주는 것을 선호했다.

그렇기 때문에 아이 교육의 성패는 실질적으로 아내에게 달려 있다. 하지만 아내가 아이 교육을 잘하느냐 못하느냐는 전적으로 남편에게 달려 있다. 남편에게 사랑받지 못하는 아내는 얼굴에 불행하다고 써 있고, 남편에게 존중받지 못하는 아내는 온몸에서 뿌리 깊은 열등감이 흐른다. 그 불행과 열등감이 어디로 흘러갈 것 같은가? 바로 당신의 아이에게 영향을 끼치는 것이다.

대한민국에서 아이를 키우는 여자들은 우울증에 걸릴 수밖에 없는 환경에 노출되어 있다.

여자가 아이를 출산하고 키우다 보면 살이 찔 수밖에 없는데, 그것은 사실 큰 존경을 받아야 하는 것임에도 비웃고 무시하고 비꼬고 상처 주기 바쁘다. 그것도 매스컴이 앞장서서 전 사회적으로 말이다.

나는 지금 자취 생활 5년째다. 본래 성격이 식물적이고 가정적인 나는 살림하는 것을 즐기는 편이다. 쉬는 날이면 세 끼 다 다른 찌개와 반찬을 만들어 먹고, 빨래도 애벌빨래를 한 뒤에 세탁기에 집어넣을 정도다. 그런데 재밌는 것은 살림이란 게 사람을 몰입하게 하는 묘한 구석이 있다. 한번 걸레를 들고 집 안을 닦기 시작하면 두 시간이고 세 시간이고 구석구석을 닦게 만들고, 한번 설거지를 시작하면 그릇들은 물론이고 싱크대와 식기 선반까지 닥치는 대로 씻고 닦고 정리하게 만든다. 옷장 정리라든지 서랍장 정리 같은 것은 또 어떤가.

물론 지금은 '완벽한 살림'의 유혹에서 벗어나 편안한 마음을 가졌지만 한참 살림에 중독돼 있었을 때는 한번 집안일을 시작하면 공휴일 오후를 꼬박 소비하곤 했다. 그리고 손목이며 목이며 허리가 아파서 한 시간씩 앓아누워 있곤 했다. 물론 내가 살림에 익숙하지 않아서 그런 것일 수도 있겠지만 하여튼 나는 그때 살림이 결코 쉬운 일이 아니라는 것을 절감했다.

좀 과장스럽게 들릴지도 모르겠으나 내 개인적인 의견으로는 군대의 작업이나 일반 회사 일에 비추어봐도 살림은 결코 만만치 않은 일이라고 생각한다. 믿기지 않는 남자들은 언제 한번 날을 잡아서 살림을 해보기 바란다. 참고로 말한다면 나는 군대를 갔다 왔고, 교사를 하기 전에 야근을 밥 먹듯이 하는 회사에 다닌 적이 있다.

집에서 여자가 살림하는 것은 육체적으로나 정신적으로나 정말 만만치 않은 일이다. 집에 살림하는 사람이 없으면 가족 구성원들은 지친 몸과 마음을 쉴 수 있는 안식처를 잃어버리게 될 것이다. 집에서 살림하는 여자들은 인정받고 지지받고 격려받아야 한다. 그래야 그녀들은 더욱 성실하게 가정을 꾸릴 것이고, 아이들은 가정에서 평화와 행복을 마음껏 누릴 것이다. 그런데 현실은 어떤가? 집에서 살림하는 여자들을 죄인으로 몰아가기 바쁘다. 매스컴이 앞장서서 그렇게 하고 남편들은 슬그머니 동조하는 분위기다. 그런 사회 분위기에 어머니들은 심한 스트레스를 받고 있고, 그 스트레스는 아이 교육에 알게 모르게 악영향을 미치고 있다.

초등학교는 교사들의 80% 이상이 여자이기 때문에 맞벌이 하

는 여자들의 천국이다. 맞벌이 하는 아내들은 남편으로부터 격려와 사랑을 받아야 하는데도, 그녀들은 매우 심한 스트레스를 받고 있다. 업무 때문이 아니고, 여자 특유의 심리 때문이다.

내가 관찰한 바에 따르면 여자들은 남에게 피해 주기를 극도로 꺼려하는 경향이 있어 매사에 조심 또 조심한다. 직장에서 남자들이 조심하는 게 한 가지라면 여자들은 이십 가지 정도 된다. 여자들은 직장 생활 하는 자체가 스트레스인 것이다. 초등학교가 이 정도인데 여자보다 남자가 월등히 많은 일반 직장에서는 얼마나 심하겠는가. 남편들은 이 사실을 잘 이해하여 정말 깊고 넓은 사랑으로 아내를 감싸 안아야 한다. 집에서마저 스트레스를 주면 아내는 마음의 문을 완전히 닫게 될 것이고, 그 피해는 고스란히 아이가 떠안게 될 것이다.

이뿐만이 아니다. 아내들은 완벽한 엄마가 되어야 한다는 스트레스에 시달리고, 아이 공부를 책임져야 한다는 스트레스에 시달리고, 날씬해져야 한다는 스트레스에 시달리고, 젊어져야 한다는 스트레스에 시달리고, 시댁 어른들에게 잘해야 한다는 스트레스에 시달리고, 돈을 벌어야 한다는 스트레스에 시달리고, 남편을 승진시켜야 한다는 스트레스에 시달린다. 아무튼 아내들은 세상의 스트레스란 스트레스는 다 짊어지고 살고 있으니, 남편들은 아내의 스트레스를 치료해주어야 한다.

학교에서 늘 웃으면서 다니고, 친구 그룹에서 리더로 활동하고, 선생님 말씀 잘 듣고, 공부 또한 열심히 하는 아이들을 불러서 "너희 어머니는 집에서 어떻게 사시니? 웃고 사시니? 아니면 그저 그렇게 사시니?"라고 물어보면, "우리 엄마요? 바보예요, 바보. 아빠 때문에 만날 하루 종일 싱글벙글하거든요. 우리 엄마는 아빠밖에 몰라요." 이런 대답이 돌아온다.

반면 얼굴에 그늘이 져 있고, 툭하면 친구들과 싸우고, 선생님 말씀은 무조건 한 귀로 흘려듣고, 공부에 전혀 열의가 없는 아이들을 불러서 똑같은 질문을 던져보면, "몰라요. 말하기 싫어요." 같은 대답이 짜증 섞인 목소리와 함께 돌아오거나, 아니면 "우리 엄마요? 만날 짜증만 내고 화만 내죠. 엄마 때문에 제가 아주 미치겠어요.", "우리 엄마 아빠 사이요? 둘이 왜 같이 사는지 이유를 모르겠어요. 서로 원수예요, 원수!" 이런 대답이 돌아온다.

아내 사랑은 남편의 작은 마음 씀씀이로부터 시작한다.

생일날 다이아몬드 목걸이를 사다주는 남편보다는 서툰 글씨로 "만일 당신이 오늘 태어나지 않았더라면 나는 영원히 외로울 뻔했습니다." 같은 말이 적힌 카드를 전해주고, 떨리는 목소리로 생일 축하 노래를 불러주는 남편에게 아내들은 더 감동한다.

가계부를 정리하면서 "이번 달에도 돈 많이 썼네. 어떡해! 어떡해!"라고 걱정할 때, "아 시끄러! 내가 더 많이 벌어오면 되잖아!"라며 큰소리를 치는 남편보다는, "당신이 당신 위해서 쓰는 것 없잖아. 다 가족을 위해서 쓰는 거잖아. 괜찮아. 괜찮아. 당신은 잘하고 있는 거야!"라면서 어깨를 다정하게 감싸주는 남편을 아내들은 더 원한다.

설거지라든지 집 안 청소를 매일 해주지는 못하더라도 일주일에 한 번 정도는 해주는 남편을 아내들은 목이 빠져라 기다리고, 살림에 관한 것 외에는 십 원 한 장 쓰기도 두려워하는 자신을 위해 콘서트 티켓이나 연극 관람권을 살포시 챙겨주는 남편을 보고 아내들은 결혼의 의미를 되찾는다. 그리고 그에 대한 보답으로 온 힘을 다해 가정을 꾸리고 아이를 교육하고 남편을 지극 정성으로 받든다.

아내를 향한 거룩한 사랑의 결단이 불가능한 분들은 아이 교육을 위해 현실적 사랑의 결단을 내리기를 권한다. 부부 관계의 시각 중심을 부부가 아닌 아이에게 놓아라. 아이 교육을 생각하여 무조건 아내의 좋은 점을 찾아내고, 칭찬해주고, 사랑해주어라. 아내가 하는 행동이 아무리 마음에 안 들어도 아내 뒤에 있는 아이들을 생각해서 인정해주고, 지지해주고, 격려해주어라.

그러면 신기하게도 당신 안에서 진정한 사랑이 싹 트는 것을 경험하게 될 것이다. 그 사랑의 싹이 당신 안에서 마음껏 자라도록 내버려두면 머지않아 당신은 사랑할 것이 전혀 없다고 생각되었던 아내를 진정으로 사랑하고 있는 당신 자신을 발견하게 될 것이다. 그리고 아내로부터 당신이 준 사랑보다 족히 백배는 크고 깊은 사랑을 돌려받게 될 것이다. 그리고 그 사랑이 교육의 기적을 창조하는 것을 보게 될 것이다.

세 번째 원칙. 아이의 아침을 영광스럽게 열어주어라

나는 부모들이 아침을 영광스럽게 맞아야 한다고 생각한다. 아이의 하루는 아침에 달려 있고, 아침을 영광스럽게 맞는 부모만이 아이의 하루를 빛나게 열어줄 수 있다고 믿기 때문이다. 그러나 현실적으로 아침은 보통 정신없이 오거나, 뭔가 싫은 느낌으로 오거나, 우울한 느낌으로 오기 마련이다. 따라서 우리에게는 노력이 필요하다. 어제의 걱정이나 잠자리의 어두운 꿈과 상관없이 빛으로 가득 찬 아침을 열기 위한 작은 준비 말이다.

아침을 여는 데는 될 수 있으면 기계의 도움을 받지 않는 것이 좋다. 자명종으로 시작하는 아침은 우리의 뇌에 압박감을 주고, 무의식중에 부정적인 암시를 준다. 즉, 우리 안에 하루를 능동적으로 시작하는 긍정적인 자아상 대신 하루를 피동적으로 시작하는 부정적인 자아상을 심어주는 것이다.

우리는 아침에 자연스럽게 깨어나야 한다. 그러기 위해서는 밤에 자연스럽게 잠들어야 하므로 밤늦게까지 운동을 한다거나, 과로한다거나, 야식을 먹는다거나, 술을 마신다거나, TV 시청을 하는 일은 삼가야 한다. 또한 낮 시간에 최선을 다하는 습관을 가져야 하는데, 맡은 일에 자신의 모든 것을 남김없이 쏟아 붓는 그

런 혼신의 열정이 필요한 것이다. 낮 시간에 자신의 모든 에너지를
쏟아 붓는 사람은 밤에 자연스럽게 잠들게 된다.

잠들기 전에 스스로에게 암시를 거는 것도 좋은 방법 중의 하나가 될 수 있다. '나는 내일 아침 몇 시에 일어날 거야. 아름답고 평온한 얼굴로. 나의 의지대로.' 이런 암시를 진심을 담아 스스로에게 걸어놓으면 다음날 아침 지정한 시각에 자연스럽게 일어날 수 있다.

또 잠들기 전에 머리맡에 마음의 평화에 대해서 이야기하는 책과 도전적인 메시지를 담은 책을 놓아두는 것도 좋은 방법이다. 어둠은 묘한 습성을 가지고 있다. 매일 밤 소리 없이 찾아와 사람을 전신 마비 상태로 만들어버리는 것이다. 이 시간 동안 우리의 의식은 정신없이 잠에 곯아떨어지지만 절대로 잠들지 않는 무의식은 공포에 사로잡히게 된다. 언제 어떤 일이 벌어질지 모르는데 몇 시간씩 의식을 잃고 쓰러져 있는 육체를 보면서 경악하고 또 그 육체에 어떤 물리적 영향력도 행사하지 못하는 자신을 보면서 좌절하는 것이다. 그 부정적인 감정은 우리의 아침에 그대로 전이된다. 그래서 사람들은 나이가 들수록 아침에 씩씩하게 일어나지 못하는 것이다. 위대한 수행자들이 몇 년씩 혹은 몇 십 년씩 잠을 자지 않고 수행하는 까닭 또한 바로 여기에 있다. 잠들지 않고 깨어 있음으로 무의식 세계에 부정적인 감정이 발붙일 곳이 없게 만드는 것이다.

부정적인 감정이 아예 발붙이지 못하게 만들 수는 없지만 긍정적인 메시지가 담긴 책을 읽는 것으로 부정적인 감정을 정화시킬 수는 있다. 아침에 눈을 뜨자마자 머리맡에 놓인 책을 펼쳐라. 아무 쪽이나 좋다. 굳이 일어나려 하지 말고 침대에 편히 누운 채로 책을 쭉 읽어나가라. 마음속에서 힘과 용기가 솟아날 때까지. 또는 밑바닥이 훤히 들여다보이는 호수처럼 마음이 맑아질 때까지. 그러면 우리는 자신뿐 아니라 가족의 아침까지 환하게 열어줄 수 있다.

어른들의 아침에 아이들만큼 심각하게 반응하는 존재들이 또 있을까? 언제고 한번 날을 잡아서 아침에 아이가 다니는 학교를 방문해보라. 혹시나 담임교사를 만나게 될까봐 조심스럽다면, 집 가까운 곳에 위치한 다른 학교도 좋다. 교실 복도를 돌아다니면서 각 반의 분위기를 느껴보고 비교해보면 어떤 반은 활기차고, 어떤 반은 긴장감이 있고, 어떤 반은 뭔가 삭막하고 폐쇄적인 분위기가 느껴질 것이다. 다 같은 아이들인데 왜 그런 차이가 나타나는 것일까? 그 이유는 아이들 앞에서 자신의 아침을 대하는 담임교사의 태도가 제각각이기 때문이다.

아침을 적극적으로 맞는 습관을 가진 담임교사에게 배우는 아이들은 아침부터 힘이 넘친다. 반면 아침을 소극적으로 맞는 습관을 가진 담임교사에게 배우는 아이들은 아침부터 의욕 상실 증세

를 보인다. 그리고 아침을 부정적으로 맞는 습관을 가진 담임교사에게 배우는 아이들은 아침부터 신경질적이고 히스테릭하다. 이런 현상은 교사와 학생의 관계에서만이 아니고, 부모와 아이 사이에도 똑같이 적용된다.

세상에서 아이의 아침을 가장 영광스럽게 열어주는 민족은 유대인들이다. 유대인 부모들은 아이의 아침을 '사랑'과 '자부심'으로 가득 채워준다. 아니 '가득'이라는 표현만으로는 부족하고, 아침마다 아이에게 '절대적' 사랑과 '우주적' 자부심의 통로가 되어준다.

유대인 부모들은 아이에게 성경을 읽고 묵상하는 것으로 아침을 여는 방법을 가르친다. 입으로 가르치는 게 아닌 아이를 중심으로 온 가족이 둘러앉아 진지하게 성경을 읽고, 묵상을 나누고, 기도를 한다. 그 과정에서 아이에게는 창세전부터 창조주가 너를 택했고, 지금 너와 동행하고 있으며, 너를 온 마음을 다해 사랑하고 있다는 놀라운 메시지가 전달된다.

타민족 아이들이 그 시간에 아직까지도 잠에 취해 있거나, 텔레비전을 보거나, 청소 같은 단순한 일을 하거나, 엄마로부터 핀잔을 듣고 있을 때 유대인 아이들은 자신이 절대자에게 선택받은 존재이며, 절대자의 무한한 사랑을 받고 있다는 사실을 배우고 느끼고 확신한다.

과학자들의 연구 결과에 따르면 아이들의 두뇌는 사랑받고 있다는 느낌을 강하게 받을 때, 가슴 벅찬 자부심을 느낄 때 가장 잘 발달한다고 한다. 그런 이유 때문일까? 어릴 적부터 절대적 사랑과 우주적 자부심의 세례를 받으면서 자란 유대인들은 세계 인구의 불과 0.2%를 차지하고 있으면서도 전체 노벨상 수상자의 22% 이상을 배출해냈다.

나는 유대인 부모의 아침 시간 활용 방법에 아이의 학교 교육을 염두에 둔 고도의 계산이 깔려 있다고 생각한다. 2,000년간 나라 없이 떠돌던 유대인들이 믿을 것은 아이들밖에 없었기 때문에 그들은 지난 시간 동안 아이 교육에 목숨 걸고 살았다.

아이 교육의 실질적 성패는 학교 교육에 달려 있고, 학교 교육의 성패는 아이가 교사 및 또래 아이들과의 관계를 어떻게 맺느냐에 달려 있다. 아무리 두뇌가 뛰어난 아이라도 선생님의 관심과 사랑을 받지 못하면 학습 능력이 현저하게 떨어지게 마련이고, 반대로 두뇌가 별로 뛰어나지 않은 아이라도 선생님의 관심과 사랑을 받고 살면 학습 능력이 비약적으로 상승하기 마련이다. 또 한편으로 아무리 선생님과의 사이가 좋더라도 또래 아이들과의 관계가 나쁘면 정서적으로 불안한 아이로 성장할 수밖에 없다.

장기적인 관점에서 볼 때 정서 불안은 학습 장애 요인으로 작용한다. 그런데 사실 유대인 아이들은 학교에서 선생님과 또래 아이들의 사랑을 받기는커녕 무시와 푸대접을 받기에 딱 알맞은 조건을 갖추고 있었다. 그들은 본토박이 민족들의 틈바구니에서 힘겹게 살아가는 힘없는 떠돌이 민족이었기 때문이다.

현실적인 약점을 극복하기 위해서 유대인 부모들이 선택한 것은 비현실적인 방법이었다. 그들은 아이에게 학교에서 생존할 수 있는 어떤 테크닉을 가르쳐준 게 아니라 아침마다 아이에게 절대 사랑과 우주적 자부심을 마냥 부어주었던 것이다. 그 방법은 멋지게 성공했고, 유대인 아이들은 어느 학교를 가든지 학교 수석과 임원을 도맡아 했다.

이는 상식적으로 생각해보아도 충분히 납득할 수 있는 일이다. 아침부터 파김치처럼 축 늘어져 있거나 돌멩이처럼 굳어 있는 아이들 속에서 두 눈을 다이아몬드처럼 반짝이며 만면에 꽃 같은 미소를 띠고 있는 아이를 어느 누가 사랑하지 않을 수 있겠는가? 그 아이가 유대인이든 아니든.

나는 세상의 모든 부모가 유대인 부모처럼 해야 한다고 생각한다. 유대교인이 되라는 의미가 아니라 아침마다 아이에게 사랑과 자부심을 느끼게 해주라는 의미이다.

아이가 아침에 침대에서 일어나 기지개를 켜자마자 아이를 끌어안고 이렇게 말해주어라.

"너의 존재는 나의 가장 큰 기쁨이자 자랑이란다. 너의 아침을 사랑하고 축복한다."

세면을 마치고 나온 아이의 얼굴에 정성껏 로션을 발라주면서 이렇게 말해주어라.

"너는 모두의 사랑을 받기 위해서 태어났단다. 자, 활짝 웃어 보렴. 그래 좋다. 오늘 하루 동안 무슨 일이 있어도 이 멋진 미소를 잊어버리면 안 된다. 너는 활짝 웃는 얼굴이 정말 잘 어울려."

그때 창문을 뚫고 들어온 아침 햇살이 아이의 방을 환히 비추면 그 햇살을 가리키면서 이렇게 말해주어라.

"너는 신의 특별한 관심과 사랑을 받는 아이란다. 자 보렴, 우주에서 날아온 저 햇살이 그 증거란다."

집 안에는 아침 내내 클래식이 흐르게 하라.

클래식이 아이의 정서를 안정시켜주고 두뇌를 발달시킨다는 것은 이미 수많은 연구가들이 증명했다. 특히 파헬벨의 '캐논변주곡'이나 베토벤의 '황제교향곡' 같은 밝고 웅장한 음악을 자주 들려주어라. 미국과 유럽의 뇌 과학자들과 교육심리학자들의 의견에 따르면 이런 음악들은 아이 안에 위대함을 향한 열망이 생겨나게 하고 아이의 두뇌를 성공 지향적인 두뇌로 바꿔준다고 한다.

아침 식탁은 돈가스나 햄, 소시지 같은 육식 식단이나 인스턴트 식단을 지양하고 될 수 있으면 채소로 풍성하게 채워보자. 부모가 아이 앞에서 채소를 장에 찍어 먹으면서 황홀한 표정을 지어보라. 그러면 아이도 며칠 지나지 않아 채소를 좋아하게 될 것이다.

만일 비만 아이를 두고 있다면, 아침 식사 시간을 '먹는' 시간

에서 '생각하는' 시간으로 바꾸어주어라. 아이가 먹는 밥과 반찬, 찌개 뒤에 숨어 있는 보이지 않는 세계에 대해서 설명해주라는 것이다.

이를테면 우리는 아이에게 "그렇게 마구 떠먹으니까 살이 찌는 거지. 제발 좀 꼭꼭 씹어 먹어라."라고 말하는 대신 "지금 네가 숟가락으로 떠먹는 쌀알 하나하나에는 세계가 들어 있단다. 비와 바람과 구름과 햇볕, 심지어는 태풍까지 들어 있지. 어쩜 그 쌀들은 지중해에서 생겨난 구름이 만든 비를 머금고 자란 것일지도 몰라. 바람은 저기 안데스 산맥에서 날아온 것인지도 모르지. 한마디로 너는 지금 밥을 먹고 있는 것이 아니라 지난 1년 동안 쌀들이 경험한 세계와 만나고 있는 것이란다."라고 말해줄 수도 있다.

그러면 아이는 밥을 '생각'하면서 먹기 시작한다. 식사 시간을 단순히 배를 채우는 시간이 아닌 자연과 세계에 대해서 생각하고 이해하는 시간으로 만들게 된다. 그 결과 아이는 음식을 꼭꼭 씹어 먹는 습관을 저절로 갖게 된다.

아이가 식사를 마치고 가방을 메고 학교로 향할 때는 아이의 어깨를 두드려주면서 이렇게 말해주어라.

"너는 최고의 아이다. 네 안에는 수업 시간에 배우는 모든 것을 완벽하게 네 것으로 만들고 또 학교 안의 누구든 존경하고 사랑할 수 있는 위대한 잠재력이 있다. 그러니 가서 최고의 하루를 만들어라."

그러고는 아이가 학교에서 읽고 힘을 얻을 수 있도록 긍정적인 메시지를 담은 책에서 발췌한 이야기나 신문 또는 잡지에서 스크랩한 유익한 기사를 아이의 가방에 넣어주어라.

부부가 맞벌이를 하고 있어서 아이의 아침을 영광스럽게 열어주기는커녕 아이 식사 준비하기도 버겁다면, 소위 말하는 아침형 인간으로 생활 패턴을 바꾸면 된다. 한 시간 일찍 자고 한 시간 일찍 일어나서 부부의 아침을 긍정적으로 시작하고 아이의 아침 역시 밝게 열어주면 된다. 아침마다 아이의 얼굴도 보지 못하고 일찍 출근하는 아버지들은 전화나 문자로 아이의 아침을 영광스럽게 열어줄 메시지를 전할 수 있다.

아이의 아침을 영광스럽게 열어주는 방법에 대해서 참으로 긴 이야기를 했다. 내가 밝힌 방법들은 돈으로는 할 수 없는 것들이다. 의무감이나 욕심으로도 할 수 없는 것들이다. 자신의 삶을 아름답게 가꾸고자 하는 열망과 진정으로 좋은 부모가 되고 싶다는 간절한 바람 없이는 이룰 수 없는 것들이다. 어쩌면 너무 정신적으로 살라는 주문인 것처럼 느껴지기도 하겠지만 막상 실천해보면 그렇게 정신적이지도 않다. 누구나 쉽게 실천하고 활용할 수 있는 방법들이다.

세상의 모든 부모가 자신의 아침을 영광스럽게 열게 되기를
두 손 모아 빌어본다. 그러면 세상의 모든 아이는 분명히 지금보다
몇 배는 행복해질 것이다.

네 번째 원칙. 절대로 절대로 포기하지 말아라

학부모 상담을 할 때마다 안타까울 때가 많다.

"우리 애 정말 큰일이에요. 어떻게 해야 할지 모르겠어요."

"이젠 정말이지 저도 너무 지쳐서 그만 포기하고 싶은 심정이 랍니다."

"우리 애가 정말 변할 수 있을까요? 도무지 믿음이 안 가네요."

부모님들로부터 이런 포기성 발언을 참 많이 듣게 되기 때문 이다.

그런 부모님들을 만날 때마다 나는 이렇게 묻는다.

"그럼 어머님, 아이의 변화를 위해서 구체적으로 무엇을 하셨 습니까? 그리고 아이가 구체적으로 어떻게 반응했습니까? 제가 그 걸 알아야 조언을 해드릴 수 있을 것 같습니다."

그러면 부모님들은 갑자기 자신감이 없어진 표정으로 주섬주 섬 이렇게 대답한다.

"그러니까, 말로 타일러도 보고, 새끼손가락도 걸어보고, 아이 가 원하는 것을 최대한 다 들어주면서 기분도 맞춰줘 보고, 칭찬도 해줘 보고……. 글쎄요, 뭔가 많이 해본 것 같긴 한데 구체적으로 는 잘 기억나질 않네요. 아이의 반응은 뭐 늘 그렇죠. 저 좋은 것은 좋다 하고 저 나쁜 것은 싫다 하고……."

그러면 나는 이렇게 되묻는다.

"그러니까 한마디로 어떤 구체적인 노력은 못하신 거군요?"

이 대목에서 부모님들은 보통 힘없이 고개를 끄덕인다.

나는 다시 묻는다.

"아이를 위해서 기도하고 계십니까?"

"네, 늘 기도하고 있습니다."라는 대답이 바로 날아온다.

나는 또 묻는다.

"정말 간절히 기도하고 계십니까?"

"네, 그렇습니다."라는 대답이 다시 날아온다.

나는 다시 묻는다.

"아이와 싸운 뒤에도, 아니 싸우고 있는 도중에도 아이를 위해서 간절하게 기도하십니까?"

그러면 이번에는 부모님들의 두 눈이 동그래진다. 그러고는 말을 잇지 못한다. 놀랍게도 아이에 관해 포기성 발언을 한 거의 모든 부모가 그랬다. 그럴 때마다 나는 다음과 같은 조언으로 상담을 끝맺는다.

"아이와 싸울 때, 아이 때문에 속상할 때, 아이 때문에 그저 울고 싶을 때 아이를 위해 두 손을 경건히 모으세요. 평소에 아이를 위해 기도했던 것보다 열 배는 간절하게 아이를 위해서 기도하세

요. 그래도 아이에게는 전혀 변화가 없을지도 모릅니다. 아니 아마 그럴 것입니다. 하지만 포기하지 마세요. 그럴수록 더욱 열심히 아이를 위해 기도하세요. 그러면 결국은 아이가 부모님의 기도대로 살아가게 될 것입니다."

내 조언을 듣고 돌아간 모든 부모님이 내 말대로 하지는 않을 거라고 생각한다. 하지만 정말 진지하게 내 조언대로 행동한 한 어머님께서 다음과 같은 피드백을 보내주셨다.

"몇 개월째 선생님 말씀대로 하고 있습니다. 하지만 역시 선생님 말씀대로 아이에게는 별다른 변화가 없습니다. 그런데 신기하게도 제 마음이 편안해졌습니다. 그전에는 아이를 심하게 혼내거나 또는 아이와 크게 다투고 나면 제 마음이 얼마나 아팠는지 모릅니다. 잠을 이루지 못할 정도로 고통스러웠던 적이 한두 번이 아니었답니다. 그때마다 저는 아이 교육에 실패할 것 같다는 지옥 같은 예감에 몸서리치곤 했었죠.

물론 저는 지금도 아이와 다투고 싸우지만, 그 때문에 잠을 이루지 못하거나 큰 고통을 느끼지는 않습니다. 잠자는 아이의 머리 한 번 더 쓰다듬어주고 이불 한 번 더 잘 덮어주지요. 그리고 편안한 마음으로 아이를 위해 두 손을 모으게 된답니다. 이제 저는 아이와 싸운 뒤에도 성공적인 아이 교육을 할 수 있을 것 같다는 행복한 예감에 젖곤 한답니다.

선생님을 뵈었을 때만 해도 저는 아이 교육을 그만 포기하고 싶다는 생각뿐이었지요. 하지만 지금은 아닙니다. 무슨 일이 있어도 저는 아이를 내가 원하는 그 이상으로 키워낼 것입니다. 그리고 앞으로는 포기의 '교' 자도 떠올리지 않을 것입니다. 아마도 저는 우리 아이를 정말 멋진 아이로 키워낼 것 같습니다."

이 어머니는 "아이와 싸우는 도중에도, 아이와 싸운 뒤에도 아이를 위해서 진심으로 기도하고 계십니까?"라는 내 질문의 의도를 완벽하게 이해했다고 할 수 있다.

세상에는 부모 마음에 쏙 들게 살아가는 아이를 둔 부모보다는 그렇지 않은 아이를 둔 부모들이 절대적으로 더 많다. 이들은 아이와 아슬아슬한 관계 속에서 살아가는 부모들이다. 한마디로 매일매일 아이와 줄타기 곡예를 벌이고 있는 분들이라고 할 수 있다. 그런데 어떤 부모들은 아이와의 줄타기에 성공하여 아이를 신천지로 인도하고, 어떤 부모들은 아이와의 줄타기에 실패하여 자신과 아이 모두를 줄 아래로 추락시키고 만다.

아이와 다투거나 싸울 때에도 아이를 위해 진심으로 빌면 아이에 대한 자신의 감정을 다스릴 수 있다. 그러면 같은 야단을 쳐도, 같은 소리를 질러도 얼굴 표정이나 말투에 자연스럽게 아이를 위한 사랑과 배려가 스며들게 된다. 부모의 사랑과 배려에 늘 목말라하는 아이의 영혼이 이 배려와 사랑을 그냥 지나칠 리 없다. 아이의 영혼은 입을 크게 벌리고 부모의 회초리 뒤에 숨겨진 배려와 사랑을 마음껏 맛본다. 이렇게 되면 부모와 아이는 싸울수록 서로

포기하는 게 아니라 서로에게서 희망을 발견하게 된다. 바로 이것 때문에 나는 아이와 다투거나 싸울 때 또는 다투거나 싸운 뒤에 아이를 위해 경건하게 두 손을 모으라고 하는 것이다.

그런데 이렇게까지 설명을 해주어도 여전히 흐린 눈빛으로 이렇게 말하는 부모들이 항상 있다.

"선생님 말씀에 일리가 있지만 다른 애는 몰라도 우리 애는 죽어도 안 된다니까요."

이런 생각을 갖고 있는 부모님들께 나는 이렇게 말해주고 싶다.

"당신이야말로 위대한 가능성으로 똘똘 뭉친 아이를 두고 계신 행운의 부모입니다."

나는 아무리 노력해도 변하지 않는 아이를 둔 부모들이야말로 노력할수록 변하는 아이를 둔 부모들보다 더욱 크게 기뻐해야 한다고 생각한다. 왜냐하면 그런 아이야말로 넓고 큰 그릇을 가진 아이일 수 있기 때문이다.

나는 부모의 정성을 아이라는 그릇 속으로 떨어지는 물방울에 비유하고 싶다. 부모의 정성은 아이라는 그릇 속으로 매일 조금씩 떨어진다. 그리하여 마침내 그릇을 가득 채우고 넘쳐서 아이의 존재 위로 흐르게 될 때, 아이는 영향을 받고 변화한다. 이렇게 생각하면 부모가 십 년씩 이십 년씩 정성을 들여도 변화하지 않는 아이는 구제 불능이 아니라 위대한 잠재력과 가능성으로 충만한, 정말 넓고 큰 그릇이라고 할 수 있다.

따라서 이런 아이를 둔 부모들은 포기하고 싶은 마음이 들 때마다 더욱 열심히 두 손을 모아야 한다. 왜냐하면 평범한 우리 부모들이 아이를 위해서 들일 수 있는 정성이란 아이를 위해서 기도하는 것밖에는 달리 없기 때문이다.

이 포기하지 않는 정성으로 어거스틴의 어머니는 불량배처럼 살던 아들을 30여 년 만에 성인으로 만들었고, 비스마르크의 어머니는 망나니 아들을 역시 30여 년 만에 영웅으로 만들었고, 아인슈타인의 어머니는 저능아로 판정받았던 아들을 20여 년 만에 천재적인 과학자로 만들었다.

무슨 일이 있어도 아이를 포기하지 마라.

부모가 아이를 절대로 포기하지 않으면 아이는 반드시 변화한다.

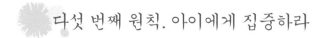
다섯 번째 원칙. 아이에게 집중하라

몇 년 전의 일이다.

그날은 새 학기를 시작하는 날이었는데, 교실에 들어선 나는 내 눈을 의심해야 했다. 교실 한복판에 웬 처녀가 한 명 앉아 있었기 때문이다. 그런데 자세히 보니 그 아이는 처녀가 아니라 내가 앞으로 일 년 동안 가르쳐야 할 초등학교 5학년 여자 아이였다.

긴 생머리 위로 검은색 모자를 푹 눌러쓰고, MP3를 들으며 휴대전화를 열심히 조작하던 그 아이의 한쪽 귀에는 주먹만한 링 귀고리까지 매달려 있었다. 한눈에 보기에도 예사 아이가 아니란 것이 느껴졌다. 아마도 내가 현재를 영원과 비교하는 기술을 터득하지 못했다면 나는 분명히 그 아이에게 한 마디 했을 것이다. "너 복장이 그게 뭐냐?"라며 호통을 쳤을 수도 있고, "저 꼬락서니 하고는……." 하면서 비꼬았을 수도 있다. 아니면 표정으로 한 마디 했을지도 모른다. 적대감을 나타내는 표정을 짓거나 한심스럽다는 듯한 표정, 또는 기가 막힌다는 듯한 표정 등을 얼굴에 나타내 보이면서 말이다.

하지만 나는 그 아이를 보고 환하게 웃었다. 그리고 "와우, 놀라운 걸~! 정말 멋진 아이구나. 내가 또 너 같은 아이를 좋아하지. 반갑다. 앞으로 잘해보자." 이렇게 말하면서 오른손을 멋지게 내밀

었다. 그랬더니 녀석은 어쩔 줄 몰라 하면서 자신의 손을 내게 살
그머니 내밀었다. 그렇게 우리는 새 학년 새 학기를 즐겁고 신선한
악수로 시작했다. 나중에 그 아이는 나의 가장 소중한 제자가 되었

다. 아니 제자를 넘어 친구가 되었다. 나이답지 않게 외모(?)와 생각은 이미 성인인 그 아이하고는 대화가 통했기 때문이었다. 그렇게 우리는 또래 친구들에게도 잘 털어놓지 못하는 개인적 고민거리까지 나누는 사이가 되었다.

알고 보니 그 아이는 유명한 아이였다. '초등학교 선생님쯤 이미 안중에 없는 애', '담임선생님쯤 우습게 바보로 만들어버릴 수 있는 애', '없는 셈치고 살아야 속이 편안한 애'라는 꼬리표를 달고 있는 아이였는데, 그 아이의 생활을 알고 나서 나는 그 아이에게 그럴 만한 자격이 있다고 생각했다. 이미 전국적 규모의 예능대회에서 여러 번 우승하고 이제는 해외로 진출하려는 준비를 하고 있던 그 아이는 평상시에 하루 여섯 시간씩, 방학 때는 하루 열 시간씩 자신의 목표를 위해 온 힘을 쏟아 붓는 그런 아이였기 때문이었다. 거의 매일 틀에 박힌 수업을 하고, 실력이 아닌 권위로 아이들을 누르려 하고, 자기 계발은 하나도 하지 않는 일부 교사들이 그 아이의 눈에는 얼마나 우습게 느껴졌을까? 생각이 여기에까지 미치자 나는 그 아이가 선생님께 함부로 하는 버릇없는 아이가 아니라 선생님들에게 도전적인 가르침을 던져주는 귀한 아이로 느껴졌다.

만일 내가 현재를 영원과 비교하는 기술을 터득하고 있지 않았더라면, 그 아이를 부정적으로 대했을 것이다. 얼굴 가득 못마땅

한 표정을 짓고, 호통을 치면서 옷차림을 지적했을 것이다. 하지만 나는 나도 모르게 현재를 영원과 비교함으로써 그 아이를 나의 팬으로 만들 수 있었다.

나는 그 아이와 처음 만난 그 현재가, 앞으로의 내 삶에서 다시는 만날 수 없는 오직 단 한 번의 현재라는 것을 기억했다. 영원에 비추어볼 때 그 현재는 순간이 아니라 그 자체로 영원이다. 곧 영원이 되어버릴 현재에 감정적으로 반응해서 부정적인 색깔을 칠하면 어떻게 되겠는가? 내 기억 속에서나 그 아이의 기억 속에서나 영원히 부정적인 순간으로 남게 된다. 하지만 그 현재에 지혜롭게 반응해서 아름다운 색깔을 칠한다면 어떻게 되겠는가? 내 기억 속에서나 그 아이의 기억 속에서나 영원히 아름다운 순간으로 남게 된다. 일어난 사건에 상관없이 말이다. 그 아이와 처음 맞닥뜨렸을 때, 순간적으로 이 같은 판단을 내릴 수 있었기 때문에 나는 그 아이를 보고 기쁘게 웃을 수 있었던 것이다.

나는 우리가 아이와 함께 하는 그 모든 현재가 다 영원이라고 생각한다. 그 모든 현재는 시간의 흐름을 따라 흘러가버리는 것이 아니다. 아이의 무의식 속에 남아서 아이의 인격과 자아라는 거대한 집을 형성하는 무수한 벽돌이다. 우리는 이 사실을 분명히 깨달아야 한다. 그럴 때라야만 우리는 아이의 모든 현재에 아름답게 반

응할 수 있기 때문이다.

아이가 우리 앞에 곱게 빻아진 모래를 내놓을 때가 있다. 그러
면 우리는 아이의 머리를 쓰다듬어주면서 이렇게 말한다. "아이고,

착한 우리 아이, 엄마는 너 때문에 세상 살맛이 나요." 그리고 진심으로 기뻐한다. 바로 그때 아이의 현재는 빛나는 벽돌이 된다. 인격과 자아라는 집을 튼튼하게 떠받치는 훌륭한 벽돌이 된다.

그런데 아이가 거친 돌덩이를 내놓을 때가 있다. 그때 우리는 이렇게 반응하기 쉽다. "어디서 배워먹은 버르장머리야!" 그리고 꾸짖고 야단치고 혼을 낸다. 하지만 그런 경우에 절대로 그렇게 말하지 않기를 바란다. 그럴수록 더욱 아름답게 반응해야 하는데, 왜냐하면 그렇게 할 때라야만 거친 돌덩이가 예쁜 벽돌로 변하기 때문이다.

훌륭한 벽돌들로 차곡차곡 쌓여 가는 집에 갑자기 거친 돌덩이 하나가 불쑥 끼워진다고 생각해보라. 그 집이 어떻게 되겠는가? 돌덩이 틈새 사이로 바람과 비가 그대로 들어오는, 있으나 마나 한 집이 되지 않겠는가?

그런데 많은 부모들이 이 사실을 생각하지 않고 아이가 내놓는 부정적인 현재에 똑같이 부정적으로 반응한다. 한 번 두 번이 아니라 매사에 그렇게 한다. 그 결과 많은 아이들이 자신의 인격과 자아를 심각할 정도로 거친 돌덩이들로 쌓아가고 있다. 내 말이 믿기지 않는다면 가까운 초등학교의 고학년 교실에 찾아가 보라. 중·고등학교 교실도 좋다. 그러면 당신은 거기서 10대들을 대표하는 것으로 알려진, '활기찬', '생동감이 넘치는', '눈빛이 초롱초롱

한', '꿈꾸는 듯한 눈망울을 하고 있는' 등의 표현과는 전혀 상반된 얼굴의 아이들을 원 없이 만날 수 있을 것이다.

　의외로 많은 부모들이 "그때 내가 우리 아이에게 그런 몹쓸 짓을 했다니…… 난 정말 부모 자격이 없는 인간이야.", "그때 우리 아이에게 그것을 해주었어야 했는데 그렇지 못했어. 그 일로 가슴이 아파." 하면서 바로 눈앞의 현재를 놓치는 안타까운 일을 하고 있다. 만일 이 글을 읽는 당신이 그런 경우라면 지금 즉시 스스로를 향해 이렇게 선언하라.

　"내 생각의 초점을 과거로 향하면 교육에 악순환이 생성된다. 그러나 현재로 향하면 선순환이 생성된다. 나는 과거의 아이를 생각하는 대가로 현재의 아이를 지불하는 그런 어리석음을 다시는 범하지 않겠다. 나는 지금 바로 내 눈앞에 있는 현재의 아이에게 집중하겠다."

　그리고 실제로 당신의 모든 생각과 모든 마음과 모든 느낌을 현재의 아이에게 집중하라. 물론 처음에는 그리 쉽게 되지 않을 것이다. 어쩌면 당신의 의식 속에서 걸어 나온 과거의 아이가 후회 대신 달콤한 기억을 들고 올지도 모른다. 하지만 그것마저도 거부하라. 어쩌면 현재의 아이는 울고 있을지도 모르기 때문이다. 무의식적으로 과거를 돌아보고 후회할 일과 웃을 일을 찾아내지 말고,

의식적으로 미래를 바라보고, 미래에 후회하지 않을 일과 웃을 일을 만들기 위해 노력하라. 당신의 모든 생각과 마음과 느낌을 현재에 집중할 때라야 비로소 그렇게 할 수 있다. 현재가 곧 미래이기 때문이다. 그리고 그렇게 할 때에만 당신은 아이에게 당신의 전부를 온전히 쏟아 부을 수 있다. 또 부모가 자신의 전부를 온전히 쏟아 부은 아이만이 온전히 변화하기 마련이다.

그러니 오직 바로 눈앞의 아이에게 집중하라.

여섯 번째 원칙. 아이의 인격을 존중하라

부모가 아이를 인격적으로 대하면 많은 것이 달라진다.

아이에게 밥과 돈과 잔소리밖에 주지 못하는 불행한 부모에서 아이에게 힘과 용기와 이해와 꿈을 줄 수 있는 행복한 부모가 될 수 있다. 아이가 언젠가는 떠나고 싶어 하는 그런 부모가 아니라 아이가 영원토록 머무르고 싶어 하는 그런 부모가 될 수 있다. 아이의 삶에 간섭하는 부모가 아니라 아이와 삶을 함께 나누는 부모가 될 수 있다.

아이의 미래를 위해 보다 나은 학교에 보내고, 보다 좋은 사교육을 시키고, 보다 많은 투자를 하는 것은 바람직한 일이다. 하지만 아이에게 물질적인 것을 투입하기 전에 먼저 투입해야 할 것이 있다. 그것은 아이를 인격적으로 대하는 부모의 귀한 마음이다.

아이를 인격적으로 대한다는 것은 아이의 체면과 감정을 존중한다는 것이다. 예를 들면 아이가 아무리 큰 잘못을 했더라도 공공장소에서 아이를 폭력적으로 대하면 안 된다. 감정적으로든 언어적으로든 신체적으로든. 그리고 될 수 있으면 항상 웃는 낯으로 아이를 대해야 한다. 내가 부모님들께 이런 말씀을 드리면 꼭 돌아오는 말이 있다.

"선생님, 누가 그걸 모르나요? 저도 잘 알고 있어요. 하지만 아이가 잘못하는 모습을 보거나 제가 기분 나쁜 일이 있을 때 그게 안 되니까 저도 모르게 감정적으로 행동하는 거죠. 선생님이 한번 제 입장이 돼보세요."

이런 말씀을 하는 부모들을 만날 때마다 나는 두 눈을 동그랗게 뜨고 이렇게 대답한다.

"이상한 소리 좀 그만하세요. '그게 안 되니까'는 뭐고 '저도 모르게'는 또 뭡니까? 어머님께서는 일부러 아이 앞에서 감정 통제를 하지 않는 겁니다."

많은 부모들이 아이 앞에서 의도적으로 감정 통제를 하지 않고 있다. 부모들이 마음만 먹는다면 어떤 상황에서도 자신의 감정을 조절하고 아이를 인격적으로 대할 수 있다. 내 말이 거북하게 들리는 분이 있다면 스스로를 한번 냉철하게 돌아보기를 바란다. 나를 너무도 힘들게 하는 직장 상사나 시부모님 또는 고객 같은 사람들 앞에서 피를 역류하게 만드는 부정적인 감정을 억제하고 오히려 웃는 얼굴로 그들을 대해본 경험을 누구나 갖고 있을 것이다. 그런데 왜 아이 앞에서는 그렇게 할 수 없다는 말인가? 작은 의지만 발휘한다면 얼마든지 그렇게 할 수 있다. 아니 몇 십 배 더 잘할 수 있다.

어떤 부모들은 여기서도 딴지를 건다. 그런 사람들과 달리 아이는 매일 얼굴을 대하지 않느냐, 아이는 내가 책임을 져야 하지 않느냐 하면서 말이다. 한마디로 아이는 늘 내 곁에 있기 때문에 항상 웃는 얼굴로 대할 수 없고, 아이를 너무 잘 대해주기만 하면 아이가 버릇없게 자란다는 것이다. 참으로 그럴 듯한 말이긴 하지만 잘 생각해보면 비논리적인 얘기일 뿐이다.

늘 곁에 있다는 이유 하나만으로 아이와 충동적이고 비인격적인 관계를 맺을 수밖에 없다면 그 사람은 도대체 어떤 사람이란 말인가. 그런 사람은 아이나 환경 탓을 하기에 앞서 자기 자신을 돌아보아야 할 것이다. 먼저 자기 안에 병처럼 잠재해 있는 부정적인 사고방식부터 고친 다음에 아이를 교육해야 할 것이다.

아이를 잘 대해주기만 하면 아이가 버릇없게 자라기 때문에 아이에게 너무 잘 대해주기만 하면 안 된다는 말 역시 마찬가지다. 너무나 황당한 얘기일 뿐이다. 냉정하게 따져본다면 아이를 잘 대해주기만 하는 부모는 세상에 한 명도 없다. 세상의 모든 부모는 아이에게 잘 대해주고픈 마음만 갖고 있을 뿐이다.

구소련에는 아이를 잘 대해주기만 하면 아이가 버릇없게 자란다는 사고방식을 갖고 있던 부모와 그 반대의 사고방식을 갖고 있던 부모가 있었다.

전자는 아이를 매섭게, 엄하게, 폭력적으로 가르쳤고, 후자는

아이를 부드럽게, 사랑스럽게, 비폭력적으로 가르쳤다. 아이가 말대꾸라도 할라치면 전자는 화를 벌컥 내면서 손바닥부터 날렸고, 후자는 깊은 이해의 눈으로 아이의 말을 진지하게 들어주고 아이의 의견을 존중해주었다.

전자 어머니의 아이는 스탈린이라는 이름을 갖고 있었고, 후자 어머니의 아이는 고르바초프라는 이름을 갖고 있었다. 이런 비교는 역사적인 위인들과 독재자들의 부모들에게서 얼마든지 찾아볼 수 있다.

아이의 체면과 감정을 존중해주면 아이가 보인다. 아니 아이가 자신을 보여준다. 나는 이런 아이예요, 지금 내 기분은 이래요, 내 고민은 뭐예요, 나는 당신과 이런 관계를 맺고 싶어요 등등 자신의 내면을 있는 그대로 드러내 보여준다.

아이와의 관계가 이 정도까지 무르익으면 아이 교육은 이미 끝난 것이나 다름없다. 아이의 내면이 훤히 보이는 데 무슨 어려움이 있겠는가. 이때쯤이면 부모는 아이의 장점은 장점대로, 아이의 단점은 단점대로 인정해주고 북돋아주고 어루만져줄 수 있게 되고 아이의 기쁨은 기쁨대로 슬픔은 슬픔대로 같이 하고 함께 나눌 수 있게 된다.

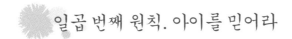 일곱 번째 원칙. 아이를 믿어라

아이가 부모의 마음에 들게 생활할 때는 누구나 아이와 잘 지낼 수 있다. 하지만 아이가 자신의 뜻에 어긋나게 살고 있는 데도 아이와 잘 지내는 부모는 흔치 않다. 한편으로 부모는 자녀가 안겨주는 부정적인 감정들을 긍정적으로 극복해나가는 과정에서 단순히 생물학적 부모를 넘어 정신적인 부모로 거듭나게 된다는 사실을 알고 있는 부모 역시 흔하지 않다.

우리는 죽은 듯이 잠들었다가도 펄펄 살아 움직이고, 즐겁게 웃었다가도 슬프게 울기도 한다. 그렇게 하루에도 몇 차례씩 상반된 행동을 하는 게 바로 사람이지만 누구도 그것을 나쁘다거나 고쳐야 한다고 생각하지는 않는다. 그저 자연스럽게 받아들일 뿐이다.

아이 교육 역시 마찬가지이다. 아이도 사람이기 때문에 우리에게 달콤한 경험을 선사했다가도 언제 그랬냐는 듯 느닷없이 쓰디쓴 경험을 안겨준다. 아이가 안겨주는 미소와 눈물 모두를 똑같이 인정하고 받아들여주는 것, 나는 그게 바로 우리가 아이와 맺게 되는 정신적인 관계의 시작이라고 생각한다.

이를 위해서는 무엇보다 당신의 집에서 살고 있는 작은 사람의 세계를 인정하고 존중하고 믿어주는 자세를 가져야 할 것이다.

아이의 세계를 아이의 눈높이에서 바라보는 노력을 기울여야 할 것이다. 부모의 마음에 들지 않는다고 무시하거나, 비난하거나, 부정적인 방법으로 개입하거나 하지 말아야 할 것이다. 사실 이런 자세는 매우 중요하다. 부모가 아이의 세계를 인정하지 않을 때 부모는 아이의 세계에서 설 자리가 없어지기 때문이다.

　내가 아는 한 부모님이 바로 이런 자세를 갖고 계신 분들이었다. 그분들은 어느 날 갑자기 아이의 세계에 색색으로 물든 머리를 한 10대 보이밴드가 쳐들어오더니 마침내 아이를 점령해버리고야 마는 광경을 목격하게 되었다.

　아이와 정신적으로 교제하는 것을 생애 최고의 기쁨이자 자부심으로 알고 살아가던 그분조차도 그 광경은 감내하기 힘든 것이었다. 아이가 가수들의 말투와 행동거지를 따라 하는 것은 얌전한 수준이었다. 아이는 가수들에게 매일 팬레터를 보냈고, 가수들의 홈페이지에 접속해서 밤을 꼬박 새우기 일쑤였으며, 여자 아이면서도 남자 가수들이 입었던 같은 옷을 사서 입고 다녔고, 심지어는 그 가수들과 라이벌 관계에 있는 다른 그룹 가수의 팬들과 패싸움을 벌여 작은 부상을 당하기까지 했던 것이다. 중고등학생도 아니고 초등학교 5학년짜리가 그랬으니 그 부모의 마음이 오죽했을까?

　아마도 보통 부모라면 심한 꾸지람에 이은 가수 사랑 금지령

을 내렸을 것이다. 너 죽고 나 죽자는 식으로 아이와 일전을 불사했을 수도 있고, 아이를 체벌했을 수도 있다. 그렇게까지는 하지 않더라도 초등학교 때부터 이렇게 가수에 미쳐 사는 이 아이가 중학교 올라가고 고등학교 올라가면 도대체 얼마나 심한 행동을 할 것인가, 하는 두려움과 불안함에 하루하루를 애타는 심정으로 보냈을 수도 있다.

하지만 이 부모님은 그렇게 하지 않았다. 물론 그분들도 처음에는 아이에게 심각한 어조로 가수에게 광적으로 빠져드는 것은 바람직하지 못한 일이며 우리는 너를 심히 걱정하고 있다는 말을 수시로 했다. 그리고 아이의 관심을 다른 곳으로 돌리기 위해 온갖 애를 썼다.

그러나 오히려 아이가 더욱 가수에게 빠져들자 아이의 가수 사랑을 후원하기 시작했다. 지금처럼 하루 종일 귀에 이어폰을 꽂고 다니면 나중에는 청력이 나빠져서 네가 그토록 좋아하는 가요를 듣지 못하게 될 수도 있으니 기왕에 음악 감상하는 것 최고의 음질로 들으라며 거실에 있던 오디오를 아이 방으로 옮겨주었고, 신문을 읽다가 우연히 아이가 좋아하는 가수들이 실린 기사를 발견하면 곱게 오려서 건네주었고, 또 콘서트 티켓도 챙겨주었다.

대신 가수를 생각하는 시간을 줄이고 공부를 열심히 할 것과, 좋아하는 가수에 대해서 트집 잡는 아이들을 알게 되어도 절대로

싸우지 말고 그 아이들의 의견을 존중하도록 노력해보기로 약속을 했다.

이 부모님에게 배울 점이 있다. 그분들은 체념하거나 포기하는 마음으로, 또는 일방적으로 아이의 의견에 말려들어가서 이렇게 행동한 것이 아니라 아이의 세계를 믿는 마음으로 그렇게 했다는 것이다.

아이가 지금의 경험을 통해서 언젠가는 가수나 연예인을 좋아하는 것에 대해 올바른 판단을 내리게 될 것이며, 그 판단은 아이의 인생에 두고두고 귀한 보탬이 될 것이다, 라는 그런 믿음으로 행동했다. 한마디로 이 부모님은 아이의 가수 사건을 앞으로 더하면 더했지 덜하지는 않을 현대사회의 미디어 산업에 대한 대응력을 길러주는 교육의 기회로 삼은 것이다.

아이는 약속을 제대로 지키지 못했다. 보이밴드의 매력에 여전히 깊이 빠져 있었다. 하지만 아이는 부모 앞에서 보이밴드에 대한 자신의 생각과 행동을 투명하게 공개했다. 나는 내가 좋아하는 가수에 대해서 지금 어떻게 느끼고 있다, 앞으로 일주일 동안 나는 틈틈이 오빠 가수들에게 줄 십자수를 만들겠다, 두 달 뒤에는 텔레비전 방송국에서 주최하는 공개방송에 참석할 것이다 등등.

그 결과 이 부모님은 다른 부모님들은 절대로 관리할 수 없는, 아니 관리는커녕 접근조차도 할 수 없는 아이의 은밀한 세계를 훤히 들여다볼 수 있게 되었다. 그리고 아이의 세계에 지속적으로 영향을 미칠 수 있게 되었다.

이쯤에서 결론을 이야기하자면 부모님과 아이 모두 성공했다. 아이는 중학교에 올라가서 보이밴드를 쫓아다니는 것이 얼마나 부질없는 일인가를 깨닫게 되었다. 아이의 표현에 따르자면, 밑바닥을 쳤다. 텔레비전 스타를 좋아할 수 있는 데까지 원 없이 좋아해 보고, 자기 마음을 퍼줄 수 있는 데까지 퍼주다 보니까 어느 날 밑바닥이 드러나더라는 것이다. 그렇게 되니까 마치 배터리가 다 나가버린 로봇처럼 더 이상 연예인들을 쫓아다닐 여력이 생기지 않더라는 것이다.

지금 고등학생인 아이는 연예인이나 가수들에게 한눈파는 일 없이 정말 열심히 공부하고 있다. 그리고 연예인이나 가수는 나의 기분을 풀어주기 위해 있는 존재이지 내가 마음을 바쳐가면서 충성해야 하는 존재는 아니라는 사실을 분명하게 인지하고 있다.

반면 연예인에 푹 빠져서 공부를 등한시할 수도 있는 아이의 세계를 인정하지 않고 부정적이고 강제적인 영향력을 행사한 부모를 둔 아이들은 고등학생인 지금도 여전히 미디어 스타들에게 정신없이 빠져 있다. 부모가 눈앞의 이익만 생각하고 아이의 세계를 인정하지 않은 결과 궁극적으로 부모 자신과 아이 모두에게 부정적인 결과를 초래한 것이다.

Epilogue

　나의 상담 활동은 첫 발령을 받은 이듬해부터 지금까지 계속되어 왔다. 처음 몇 년 동안은 내가 맡은 반 아이들과 내가 속한 학년의 문제아들만 상담했는데, 사실 말이 상담이지 문제의 핵심을 파악하지도 못하고 엉뚱한 이야기들만 나누는 수준이었다.

　이를테면 여자 친구에게 버림받고 두 눈이 새빨개지도록 울고 있는 아이에게 외계인 침략설 운운하며 "여자 친구보다 더 중요한 것은 지구를 지키는 일 아니겠니, 이제 그만 눈물을 거두고 네 소중한 힘을 지구를 위해 써줘."라고 이야기하는 식의 상담이었다. 그런데 다행스러운 것은, 선생님의 입에서 'UFO' 같은 이야기가 나오는 것이 신기했는지 그런 엉뚱한 상담들이 아이들에게 꽤 효과가 있었다는 점이다. 그렇게 엉뚱한 얘기로 문제를 해결해준 뒤 아이들에게 학교 앞 문방구의 500원짜리 컵 떡볶이 한 개와 국적불명의 200원짜리 음료수 한 개를 내밀면, 꺼이꺼이 통곡 소리를 쏟아내던 아이의 입은 두 귀에 걸렸고, 어느새 아이는 "선생님, 고맙습니다. 앞으로는 힘내서 열심히 할게요!"라는 말과 함께 제자리로 돌아가곤 했다.

1학년에서 6학년까지 전 학년을 대상으로 '피노키오 상담실'을 운영할 때도 마찬가지였다. 나는 바윗덩이만큼 무거운 고민을 들고 오는 어린이들에게 딱히 해준 게 없다. 그저 썰렁한 농담으로 아이들을 웃기거나, 불량 식품을 사주거나, 그냥 열심히 들어주는 척했을 뿐이다. 그런데도 아이들은 스스로 제 마음속에 든 바윗덩이를 내던져버렸다.

　　한편으로 나의 작은 상담 테크닉들은 수많은 학습을 통해서 탄생한 것이다. 힘들어하는 아이에게 함부로 손을 내밀었다가 도리어 발길질만 당했던 적도 많았고, 이상한 사람 취급을 받았던 적 또한 수없이 많았다. 그렇게 엎어지고 깨지는 동안 나는 어른과 아이 사이에 일정한 '거리'가 필요하다는 사실을 철저하게 배웠다. 그 '거리'라는 것을 추상적인 언어로 표현한다면 '존중'과 '지혜'가 될 수 있을 것이다. 아이들은 자신을 존중하는 사람, 자신에게 지혜롭게 다가오는 사람에게만 마음을 열어 보이고, 누군가에게 마음을 열어 보이면서 스스로를 치료한다.

　　동화 『피노키오』는 해피엔딩이다. 제페토 할아버지는 배은망덕한 피노키오로 인해 감옥에 끌려가기도 하고, 가출한 피노키오를 찾아 헤매다가 거대한 상어에게 잡아먹히기도 하지만 나무인형

피노키오를 기어이 착한 아이로 변화시키고야 만다.

우리가 제페토 할아버지에게 배울 점은 바로 사랑이다. 감옥에서 고생하고 돌아온 제페토 할아버지는 단벌 외투를 팔아서 피노키오에게 교과서를 사준다. 상어 뱃속에서 2년 동안이나 고생하면서 살다가 피노키오를 만났을 때도 꾸짖거나 화를 내거나 원망하지 않는다. 그러자 그 사랑이 기적을 일으켜서 피노키오를 착한 아이로 변화시키고, 피노키오는 요정에게 인정받아 진짜 사람이 된다.

동화 『피노키오』의 엔딩 부분에는 피노키오 못지않은 문제 아이 '호롱불 심지'가 나온다. 그런데 이 아이는 피노키오와 정반대로 인간에서 당나귀로 변해 일만 하다가 병들어 죽는다. 나는 『피노키오』를 읽다가 호롱불 심지가 죽어가는 장면을 접했을 때 무척 마음이 아팠다. 우리나라 학교에 얼마나 많은 '호롱불 심지'들이 존재하는지 잘 알기 때문이다. 그렇다면 호롱불 심지는 피노키오와 달리 왜 불행한 운명을 맞이하게 되었을까? 이유는 단 한 가지, 호롱불 심지에게는 제페토 할아버지가 없었기 때문이다.

세상에는 셀 수 없이 많은 문제 아이들이 있다. 그런데 변화에 성공한 아이들을 살펴보면 그 뒤에는 작은 제페토 할아버지가 있음을 알게 된다. 한 번 꾸짖기보다는 열 번 믿어주고, 열 번 지적하기보다는 백 번 격려해주는 부모 또는 교사가 존재함을 알게 된다.

당신의 집에 있는 아이는 어떤 아이인가.
완벽한 아이인가? 아니면 어떤 문제를 가지고 있는 아이인가?
동화 『피노키오』를 다시 읽으면서 나는 이런 생각을 하게 되었다.

"문제를 가진 아이에게 피노키오의 운명을 안겨주느냐, 호롱불 심지의 운명을 안겨주느냐는 부모가 작은 제페토의 길을 선택하느냐 그렇지 않느냐에 달려 있는지도 모른다."